三角的距離無限趨近零 9

Bizarre Love Triangle

岬 鷺宮

Misaki Saginomiya

illustration◊Hiten

After Story

Kadokawa Fantastic Novels

序章
Prologue

【曆美重返西荻】

Bizarre Love Triangle

三角的距離無限趨近零

從宇田路車站搭乘快速機場號列車，前往新千歲機場。

飛機從北海道出發，在一個半小時後抵達羽田機場，接著搭車前往品川與新宿，最後轉搭總武線。

列車行經中野、阿佐谷、荻窪之後……這趟長達四個半小時的旅程就此結束。

我終於回到西荻窪這個城市了。

「唔嗯……」

我在月台伸了個懶腰，大大地深呼吸。

因為坐太久而變得僵硬的身體，暢快地舒展開來。

現在是四月上旬的下午。有別於還在下雪的故鄉，東京已經是溫暖的春天了。

眼前是老舊的車站，還有雜七雜八的站前大樓。

走在路上的行人，表情也都顯得有些興奮。

吸進肺部的空氣都是灰塵，有種都市才有的粗野味道。

「呵呵……」

這種懷念的感覺，讓我小聲笑了出來。

即便我已經從秋玻與春珂變回曆美，即便我已經接受自己，這個城市依然是我的「故鄉」……

「……走吧。」

重新揹好背包，朝向剪票口邁出腳步。

踩著輕快的步伐下樓梯，快步穿過自動剪票口。

然後——我走到人群之中，準備從北側出口走出車站的時候——

「——曆美！」

我聽到「他」的聲音。

那是我一直渴望，想要親耳聽到的聲音。

仔細一看，他就站在人潮的另一邊。

「矢野同學！」

我很自然地大聲叫了出來。

——他有著溫柔的眼神與端正的五官。

——還有跟女生一樣漂亮的肌膚與頭髮。

可是，從表情與舉止就能看出，他確實是個穩重的男生——

他就是我的男友——矢野四季。

我忍不住衝了過去。
心裡感到一陣痛楚。激動的喜悅讓我揚起嘴角。
就只有現在這一刻，完全忘記旅途的疲勞，只想儘快前往他身邊。
……好想抱住他。
在奔跑的同時，腦海中閃過這樣的念頭。
我是不是應該直接衝過去抱住他？
我們很久不曾見面了，就算我做出這種大膽的舉動，應該也無所謂吧？
雖然周圍有很多人，但今天應該可以不用理會別人的目光吧……？
可是——
「歡迎回來！我等妳很久了！」
他跑了過來，還來不及抱住他，他就緊緊握住我的手。
「我真的很期待今天呢！」
他露出燦爛的笑容，聲音也非常興奮。
我感到有些遺憾，回給他一個微笑。
「我回來了。終於可以回來了呢……」
雖然沒機會抱住他，但可以跟他見面，還是讓我非常開心。

他就在我眼前，還讓我摸到他滑嫩的雙手，讓我有種美夢成真的感覺。

——雙重人格結束之後，我一直待在故鄉的醫院做檢查。

天曉得我在那段日子裡，到底有多麼渴望見到矢野同學。

雖然我們每天都會用Line講電話，還會傳照片給對方，但這樣完全不夠。我想親耳聽到他的聲音，也想碰觸他的肌膚。

就跟我還是秋玻與春珂的時候毫無分別。

不，我變得比當時還要喜歡他了——

「我一直覺得很寂寞……」

「嗯，我也是。」

「啊～～我再也不想跟你分開了……」

「啊哈哈，別露出那種難過的表情。反正至少在高三這一年，我們都能待在一起。」

說完，他笑了出來。矢野同學果然很溫柔。

雖然他從以前就很溫柔，但我覺得他的那種溫柔底下，最近還露出一份堅強，這也讓我覺得非常可靠。

「那……我們走吧。」

說完，他在我面前邁出腳步。

「我不是用Line說過了嗎？我們準備在妳家裡舉辦歡迎派對。總之我們先回妳家再說吧……」

「嗯。」

我點了點頭就跟著他走，同時也覺得他的態度有點不太對勁。

這到底是怎麼回事？他的語氣好像突然變得不太自然……

不光是語氣，他的表情也有些僵硬，而且還不自然地四處張望……

該不會……我突然有種小小的預感。

這個……矢野同學打算在這之後給我……

我一邊這麼想著，一邊走出車站，來到站前的迴車道。

然後，我們穿過熟悉的站前廣場，正準備走向行人穿越道——

「「「曆美，歡迎回來！」」」

——就在這時，周圍響起一陣歡呼聲。

我猛然回頭一看——

「嗚啊……！」

我看到一塊橫布條——

那是一塊長約一公尺，寬約三公尺的大型橫布條。

在那塊色彩鮮明的布條上，有著明顯是用手寫下的文字——

「曆美☆歡迎回來」

上面寫著這幾個字。

——這是給我的驚喜。

為了給我一個驚喜，他們才會準備這樣的東西。

——而我的朋友們正拿著那塊布條。

我看到伊津佳、修司同學、時子與細野同學。我還看到霧香、Ｏｍｏｃｈｉ老師、古暮同學跟手藝社的沙也與加奈。甚至連千代田老師都來了。

他們對我說這些話：「曆美，等妳很久了！」、「路上辛苦了！」臉上都掛著溫柔的笑容——

「……謝謝。」

我再次感到心花怒放。

「謝謝你們這樣迎接我……」

……其實我早就隱約有這種預感。

當我跟矢野同學用Line聊天的時候，我就從他的訊息之中感覺到蛛絲馬跡了。

『妳要搭幾點幾分的電車回到西荻？』

『沒有啦，我只是想去接妳。』

『我順便問一下，妳要走哪條路回來？是不是平常那條路？』

『妳有打算去其他地方逛逛嗎？』

不過，實際看到這樣的光景，還是讓我差點落淚。

「我好開心。嗚……」

……糟糕，我好像要哭出來了。

雖然這裡是車站前面，還是在眾人面前，我還是快要哭出來了。

「……糟糕！曆美真的要哭了！」

伊津佳似乎發現我的表情不對勁，趕緊衝了過來。

「曆美乖！不可以在這裡哭喔！」

「我、我們去妳家開派對吧！我們都準備好了！」

「妳父親也在等妳喔！」

繼伊津佳之後，其他人也跟著這麼安慰我。

這讓我差點再次哭出聲音，但大家最後還是熱鬧地朝向我家出發了。

*

「——嗚喔喔喔喔喔！」

——有人正在放聲大哭。

派對開始之後，大家也開始閒聊。

我好不容易才忍住沒哭——父親卻在眾人面前放聲大哭。

「竟然有這麼多朋友來參加派對，曆美真是太幸福了！而且大家都是好孩子……」

他有著跟熊一樣魁梧的身體，還有像是砲聲的粗獷嗓音。

父親流下男人的眼淚，自然吸引了所有參與者的目光。

有些人感到驚訝，有些人開心地笑了，也有些人面帶微笑看著他。

雖然大家的反應都不相同，我還是害羞到身體發燙。

「爸，你不要這樣啦！」

我趕緊阻止他。

「別哭了！是難得的派對耶！」

「妳在說什麼傻話啊！我怎麼可能不哭！」

可是，父親激動地反駁了。

「看到妳變得這麼有精神，身邊還有這麼多朋友……我怎麼可能不替妳感到開心！」

——派對才剛開始，氣氛就被炒到最高點了。

大家吃著我在故鄉買回來的起司蛋糕與奶油三明治，開心地談天說笑。

仔細想想，我們不久前才剛辦過班級惜別會。這讓我覺得自己好像一直在吃喝玩樂，但我在這段期間也有許多煩惱，給自己這點福利應該不算過分。

因為大家都是熟悉的朋友，所以很快就聊開了。

大家不是問我人格統合後的感想，就是聊起未來的事情，以及各自的志願。

我們還熱烈聊起畢業後的規劃這類話題。

可是——父親竟然在這時候放聲大哭。

我覺得很難為情，也覺得很過意不去，不知道該怎麼處理這種狀況……

而且他現在似乎非常激動。

「今後也要拜託各位了……！」

他甚至還說出這種話，開始低頭拜託大家。

「今後也請大家多多關照曆美！」

「爸，不要這樣啦！」

「我也知道她有些缺點！但還是希望大家跟她好好相處！」

「我不是叫你別這樣了嗎！」

我急忙制止他，身上也冒出冷汗。

大家都會被嚇到的！聽到朋友的父母這麼說，他們也只會感到困擾！

我覺得很絕望，只能偷偷觀察大家的反應——

「……咦？」

——結果大家也顯得很激動。

這群朋友在不知不覺間感慨地看著我。

不光是這樣……

「嗚……」

「嗚嗚……」

有人還哭了。

其中幾位朋友……其實就是細野同學和古暮同學，也都開始擦眼淚。

……不會吧？

大家也是這麼想嗎？他們也跟我父親有同樣的感受嗎……？

難道只有我跟別人不一樣……？

「……其實大家的心情都一樣。」

矢野同學露出無奈的笑容，代表眾人對我這麼說。

「大家都是這麼想的。」

「這樣啊……」

「所以，請多關照了。」

他沒有拐彎抹角，繼續說出這句話。

「未來我們也要請妳多多指教了。」

——未來……

不知為何，這個詞彙讓感到困惑的我莫名地有感觸。

未來就在前方等待著我們。

在十多歲的我們面前，還有很漫長的人生。

沒錯，我們還有「未來」。

秋玻與春珂還在我心中，故事仍會繼續下去。

無論是快樂還是痛苦，不管是開心還是討厭的事，我們都會不斷遇到。

我跟矢野同學之間的戀情，也才剛要開始。

這是一段不可思議的三角戀情。

即便我們的距離已經變成零，我心中依然懷有同樣的情感。

所以——我回給大家一個笑容。

「……嗯，請多指教。」

我輕輕點頭，讓全新的每一天就此開始。

【絕對要貼貼的女孩VS絕對要當個硬漢的男孩】

第一話

Chapter.1

Bizarre Love Triangle 三角的距離無限趨近零

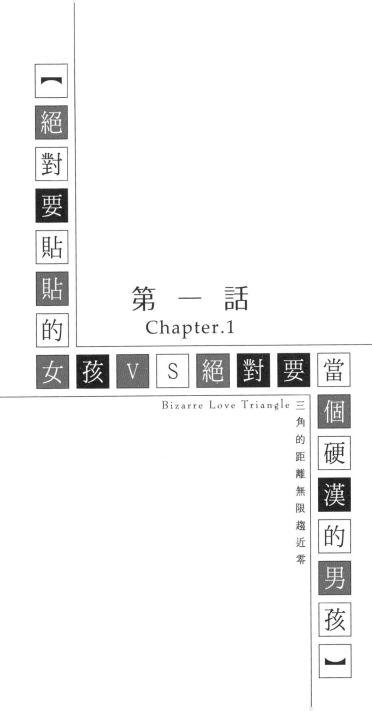

——這場約會，我絕對要當個硬漢。

「早安！矢野同學！」

「嗯，早安。」

現在是上午九點，地點是西荻窪車站前。

曆美準時來到這裡，我輕輕點頭，回給她一個笑容。

「我還是第一次去上野呢。好期待。」

「我也是第一次去科博館。細野和修司都推薦我去看看。」

「哇～～這讓我更期待了呢！」

走向自動剪票口的同時，我也下了個決心。

今天這場約會——我絕對要展現出自己正直的一面！

——曆美的雙重人格完成統合了。

這是她從「秋玻」與「春珂」變回「曆美」後，我們的第一次約會。

跟周遭的朋友打聽之後，我精心選出一個約會地點，那就是國立科學博物館。

不管是在科博館裡參觀的路線，還是之後的計畫，我全都做足模擬了。

老實說，我現在很興奮。也希望這會是個美好的一天。

畢竟這是我們久違的約會，我不可能不興奮。

可是——其實我現在更緊張，心中充滿了鬥志。

這是因為——

——現在的曆美還不是我的女友。

我跟秋玻與春珂之間，確實發生過不少事情。

我們曾經成為正式的情侶，也曾經在不是情侶的時候做過各種事情。我們曾經真心相愛，但不可否認我們的關係也確實變得有些複雜。

雖然我們在宇田路向對方告白了，卻沒有時間談到是否要「交往」的事情。我們的關係依然懸而未決。

但——之後就沒有發生任何風波了。

曆美這個人格非常穩定，我也成功地接受了我自己。
這代表我們終於得以回到起跑點。
既然這樣——那我想要跟她來場約會，然後重新向她告白並跟她交往。
我要經過正式的步驟，跟她成為一對情侶。
因為曆美是我最重視的人。
所以……我決定在今天向她展現出自己正直的一面。
我不能跟她貼貼！
要儘量避免肢體接觸！
更糟糕的事當然也不能做！
那種事要等到我們正式交往之後才能解禁！
我要貫徹這樣的態度——在不忍池附近再次向她告白。
要讓今天成為一個特別的日子。

沒錯，到了一決勝負的時候了——

＊＊＊

——今天這場約會，我絕對要跟矢野同學貼貼。

「啊，到神田了！我們要在這裡換車對吧？」
「是啊。接著要改搭四號線的京濱東北線。」
我跟矢野同學一起踏上月台，同時暗自下定決心。

今天這場約會——我絕對要盡情地跟他貼貼！

我從秋玻與春珂變回曆美已經過了好幾個星期，也回到東京一段時間了。
可是……什麼也沒有。我跟矢野同學之間什麼事都沒發生。
別說是抱抱跟親親了，我們甚至連手都不曾牽過。
我們就像是普通的朋友，平淡地度過每一天。
起初，我還以為是因為矢野同學也有些緊張。畢竟我跟以前的我不能算是同一個人，他應該沒辦法純粹像以前那樣跟我相處。
可是——火花實在太少了。我們之間完全沒發生任何事情。

——我們明明是正在交往的情侶！

當我的人格順利統合時，矢野同學親口說過他喜歡我。
他說他喜歡的人不是秋玻也不是春珂，而是體內寄宿著她們兩人的我。
而我也再次向他傳達愛意。
我最喜歡矢野同學了。我當面對他說出這句話。
所以，我們早就是正式的情侶了。
他與我的兩個人格之間複雜的三角戀情就此結束。我們成為一對相親相愛的情侶。
既然這樣……那我們當然可以貼貼了吧？
過去不能做的那些事，應該可以解禁了吧？
可是……矢野同學最近一直對我很冷淡。
……這該不會就是所謂的倦怠期吧？
我們的感情不會就這樣變淡了吧……！
因此——京濱東北線的列車駛入了月台。
我們搭上開往大宮的列車時，我這麼告訴自己。

我要拚命跟他貼貼！

肢體接觸越多越好！

如果抓到機會，還要勇敢地挑戰更進一步的行為！

我要貫徹這樣的態度，跟他變成一對恩愛的情侶回到西荻窪。

要讓今天成為一個特別的日子。

沒錯，一決勝負的時候到了——

＊＊＊

「喔～～這裡就是上野啊……」

我們走出上野車站的公園出口。

來到上野恩賜公園的入口時——曆美輕輕吐了口氣。

「這裡果然給人一種高尚的感覺呢。」

「是啊。」

她剛才還跟春珂一樣興奮雀躍，現在卻突然變得跟秋玻一樣穩重。

我現在的心情也跟她差不多。

「上野是個好地方呢。」

我們一邊說著這些話，一邊並肩在公園裡走著。

「我也很喜歡這裡給人的感覺。總覺得有種平靜沉穩的氛圍……」

我們居住的西荻窪地區，好像是在戰後才發展起來。

那裡以前算是度假區，是在昭和時代中期才開始變得繁榮的年輕城市。

可是——新宿車站以東並非如此。

尤其是離東京車站也很近的這個地區，有著從明治時代以前累積至今的「歷史」。

舉例來說，不管是房屋的外觀，還是肥沃用地的運用方式，以及那些歷史悠久的高大路樹皆是如此。

到處都能讓人感覺到歲月留下的痕跡。

這裡是我發自內心喜歡的地方，而我也一直想找機會來這裡約會。

這次約會的目標：「展現自己正直的一面。」這裡應該就是最合適的舞台。

「光是在這裡散步就很開心了呢。」

曆美抬頭仰望這些樹木，說出這樣的感想。

「綻放的櫻花與雪景應該也很適合這個地方呢。我真想在其他季節也來這裡看看啊……」

我看著這樣的她。

看著曆美的側臉——到現在還是有種不可思議的感覺。

——原本分裂的人格順利統合了。

重新出現的「曆美」這個人格——依然殘留秋玻與春珂兩人濃厚的影子。

我一直覺得她們兩人的性格可說是完全相反。

秋玻的個性冷靜沉穩，卻又有著脆弱的一面。

春珂的個性天真無邪、有些冒失，卻又有著堅強的一面。

其實我一直很好奇她們兩人統合之後會變成什麼樣的人，老實說對此感到不安。可是，當她實際站在我面前時，我卻意外地能接受。

她有著沉穩卻又天真無邪的個性，還同時有著脆弱與堅強的一面。

——曆美身上同時兼具這一切。

她心中存在著明確的矛盾。

可是……仔細想想就會知道，大家應該都是這樣。

每個人心中都存在著矛盾，正因為接受了這點，曆美才能讓秋玻與春珂在自己體內共存。我想肯定就是這樣——

——我還在想著這種嚴肅的問題時……

「啊！那就是國立科學博物館對吧！」

曆美突然這麼說。

「走，我們快點過去吧！」

她快步前進，很自然地把身體靠了過來。

然後——

「……唔！」

——她抱住了我。

她直接抱住我的左手了！

……她貼上來了！

我們的身體完全緊貼在一起了！

而且曆美抱得很用力，緊緊抱著我不放！

這樣……這樣不行！

原本想說不能跟她貼貼！

原本想說要避免跟她有肢體接觸！

結果約會才剛開始，這兩個首要目標竟然就破功了！

「這裡好像就是入口……」

曆美完全沒發現我內心的動搖，在博物館門口悠哉地環顧四周。

「啊！有蒸汽火車頭耶！這是真的嗎？」

「是……是啊，我想應該是吧。應該……」

「好厲害，這輛火車頭看起來這麼重，結果竟然跑得動呢。」

「是啊，真的很厲害呢……」

雖然嘴巴上這麼說，但我當然只是隨口應付。

這樣……這樣不行吧！

我們明明還沒正式交往，不能這樣抱著手走路吧！

這可是只有情侶才能做的親密舉動！這樣太不知羞恥了！

……等等，但我覺得這樣好像還沒越線？

曆美現在穿著一件寬鬆的牛仔外套。

因為外套的布料比較硬，傳到我手上的感觸有些硬邦邦的，而且也感覺不太到她的體溫……

這樣應該勉強還不算是越線。以我們現在的關係，這種程度的接觸或許還能接受。

……幸好曆美穿著外套。

雖然牛仔外套我還忍得住，但要是換成布料柔軟的針織外套，恐怕就要不行了……

「啊，我看到售票機了。」

當我想著這些事情時，踏進科博館的曆美說道。

「總之，我們先去買票吧！」

與此同時——她也很自然地放開了我。

她把手伸進包包，找到錢包後就走向售票機。

「唉……」

我看著她的背影，深深地嘆了口氣。

太好了。雖然只是僥倖，但我成功跟她拉開距離了。

唉……我實在想不到會這麼快就跟她親密接觸。

不過，如果我覺得那種親密接觸不太妥當，其實只要自然地把她甩開就行了。

雖然可以紳士地跟她保持適當的距離，但我畢竟也喜歡曆美。

實在很難做出理想中那種紳士的應對。

……我必須多加小心，之後也要努力保持這種距離感，接下來都要再注意一下了……

我一邊想著這種事，一邊指向館內的導覽圖。

「首先……我們先去地球館。不要先去日本館，先從那邊的地球館開始逛吧。」

「嗯，我知道了！」

曆美點了點頭，接著……

「話說，這裡好像有點熱呢。」

「……咦？」

——她脫了。

曆美不以為意地脫掉牛仔外套，把外套放到包包裡面。

我看到她穿在裡面的長袖上衣。

然後，她很自然地做出下一個動作——

「好了。」

「……什麼！」

——她再次抱了過來。

曆美穿著布料柔軟的針織上衣，再次抱住我的手臂。

這次清楚感受到她的體溫，還有布料底下的觸感。

上臂碰觸到柔軟的東西——鼻腔也聞到她頭髮傳來的洗髮精的香味。

「……唔！」

這可不行。

這種親密接觸毫無疑問直接出局了。

我全身的血液都在沸騰，魂魄也完全被那種感觸勾走。

「那裡是展示恐龍化石的地方對吧？」

曆美若無其事地這麼說。

「我還是頭一次參觀呢。好期待喔……」

……為什麼？

我徹底陷入慌亂，對她的態度感到錯愕。

為什麼曆美、為什麼這麼做……！

當她還是秋玻與春珂的時候，也很少對我做出這麼親密的舉動。

不對，就算她抱過我的手臂，也從來不曾像這樣直接「貼」上來啊……！

曆美……到底在想什麼啊！

＊＊＊

——很好！抓到他了！

我又再一次緊緊抱住矢野同學的手臂了！

而且我這次穿得很少……！

雖然心臟跳得很快，我還是使勁抓住他的手臂。

感受著他的體溫，假裝若無其事地走向地球館。

「地球館在另一棟建築裡，我們先出去外面吧……」

「嗯，我知道了！」

——矢野同學今天一直怪怪的。

不知為何，總覺得他好像在避免跟我有肢體接觸……

雖然他最近一直對我很客氣，但今天又變得更客氣了。我們走路的時候，他都會跟我保持半步的距離。搭電車的時候，他好像也刻意坐在離我有點距離的地方。

他不是刻意要疏遠我，也不是要對我冷淡。

可是，我能清楚感受到他想跟我保持距離……

這到底是怎麼回事？難道我惹他不開心了嗎……？

不過，當我們抵達上野的時候，我總算發現了。我看出矢野同學的意圖了。

我猜……

——這應該是要我「積極進攻」的意思吧！

是因為我讓他獨守空閨太久，他才要我主動展開攻勢吧！

……原來如此啊，這樣我就完全想通了。

在我們一起前往宇田路，還有更早之前的時候，他可說是為我拚盡全力。

他做了許多亂來的事情，也受了不少委屈。

「你要選擇秋玻還是春珂？」我甚至還對他提出這種強人所難的要求。

沒錯，他想要我這麼做也很正常。他要我主動展現誠意並不過分。

既然這樣……就算覺得很難為情，我也要努力去做。

我要盡全力跟矢野同學貼貼！

在我們走向科博館的同時，我暗自下定了決心。

——事情就是這樣。

我們就這樣緊貼著對方走出本館，走進旁邊的地球館。

雖然日本館這個本館才是主體，但地球館展出的內容好像比較多。

「哇～～好多人喔！」

「是啊。現在明明還是上午……」

我們邊說邊走過建築物的大廳。

這裡不愧是國內屈指可數的博物館，館內果然到處都是人。

參觀者大多都是疑似正在參加修學旅行的孩子，從小學生到國中生都有。大家看起來都有些興奮雀躍，忙著跟身旁的朋友聊天。

而且……其中還有幾個人看了過來，露出驚訝的表情。

然後，他們露出不懷好意的奸笑，對自己身旁的朋友這麼說：

「他們好恩愛喔。」「那兩個人也貼得太緊了吧！」

討……討厭啦！可以不要這樣取笑別人嗎！

我可是很拚命的！

不過……聽到別人這麼說，我再次體認到自己的處境。

我加重雙手的力道，緊緊貼著矢野同學的身體。

這樣簡直就跟直接抱住他沒有分別……

……可是，我這次不管那麼多了！

因為我要確認我們之間的感情！

「那……那我們就從一樓開始參觀吧……」

矢野同學好像有些在意我了，聲音變得不太自然。

「雖然要從哪一樓開始參觀都行，但我想要從這裡開始……」

「嗯，我知道了。」

我點了點頭，決定照著他的安排走。

我確實想看看這裡展示的東西。

畢竟我喜歡博物館，也在東京看過幾次科博館以外的展覽。

可是，我這次約會不只是來參觀展覽，跟矢野同學貼貼也很重要。

我要努力兼顧這兩件事，讓今天變成美好的一天。

我懷著這種想法，帶著輕鬆的心情走向展覽室。

而——這也是我最大的失算。

＊＊＊

——我們來到地球館。

一樓的重點展覽物是「地球史導覽」。

我們透過巨大的螢幕，看著介紹宇宙歷史與人類發展史的影片，大概有二十分鐘之久。

「——人類……」

曆美——

原本一直專心看著影片的她——卻突然感慨地小聲這麼說。

「是啊……我們就生活在這段漫長歷史的最尾端呢……」

她望向遠方，遙想著超過百億年之久的歷史。

雖然我們看過的東西只有整體的十幾分之一，連一樓都還沒逛完一半，但她已經露出剛看完強檔電影的表情。

她的語氣也充滿感傷。簡單來說，就是完全切換到秋玻模式了。

我可以體會她現在的心情。因為我也覺得很感動。

這部影片用最新的技術介紹人類的歷史，讓人看了有點想哭。

不過，其實事情沒有那麼單純。

我還忍不住暗自竊笑。

原因很簡單。低頭看向下方——我的手臂重獲自由了。

曆美原本一直緊緊抱著我的手臂。

可是，她的雙手早就放開我──現在正緊緊握住包包的提把！

──一切都在我的計算之中！

這就是我這次選擇來國立科學博物館約會的理由之一。

我在事前規劃了好幾個約會的地點。

原宿、舞濱與澀谷都在我的考慮之中，兩年前曾經去過的台場也是一個選項。

可是，我在最後選擇了上野，而且還是這裡的國立科學博物館。

理由是──我覺得這樣可以讓人分心。

因為我這次必須做個正直的男人，為了避免讓自己太過在意曆美，做出不該做的事情，我才會想要選擇一個能讓人玩到入迷的約會地點。

舉例來說……如果我們去原宿逛街，曆美試穿新衣服的樣子應該會讓我心癢難耐。如果我們去舞濱約會，曆美跟那些吉祥物玩耍的樣子，恐怕也會讓我心裡小鹿亂撞。

可是──科博館就不一樣了。如果是裡面有著許多展覽物，能刺激參觀者求知慾的科博館，應該就能適度分散我的注意力。而且曆美好像也喜歡參觀博物館，毫無疑問可以樂在其中。換句話說，這座國立科學博物館在攻守兩方面都是最好的選擇。

而事實也是如此。

「這裡真不愧是國內屈指可數的博物館……」

當我們走出地球史導覽室時，曆美伸手擦去眼角的淚水。

「想不到第一項展覽物就這麼精彩……」

——我的策略成功了。

曆美完全沉迷於這些展覽物，甚至沒發現自己早就放開我的手。

「……啊！你看，那個標本是不是跟真正的鯨魚一樣大！」

然後——下一個展覽物出現在我們面前。

天花板上掛著巨大的鯨魚標本，她激動得叫了出來。

「哇……好像真的是這樣呢！」

曆美快步走了過去，看向展覽物的介紹文。

「原來這是一隻抹香鯨。我原本以為抹香鯨是體型較小的鯨魚，想不到竟然這麼巨大……」

「是啊，想到這種動物竟然能在海裡游泳，就覺得很厲害。」

「嗯！而且標本裡面的骨骼好像是真貨喔！喔——原來製作的時候是先把遺體埋在沙子裡，然後才取出骨頭……」

曆美露出充滿好奇心的表情，專心看著介紹文。

看到她露出那種表情後——我終於確信了。

……我贏了。

只要繼續這樣參觀展覽物，我就能在今天的約會裡徹底當個硬漢。

雖然我們接下來還會一直約會到傍晚，但科博館可是很寬廣的。

這裡的展覽物非常多，如果我們慢慢參觀，就算用掉一整天也看不完。

換句話說——

我將會在這場約會中大獲全勝，徹底當個正直的男人！

我在心中這麼吶喊，跟著曆美走向下一個展覽物。

＊＊＊

「——讓兩位久等了。這是侏儸紀漢堡排套餐。」

「啊，那是我點的！」

「再來是日式牛肉燴飯套餐。」

「這邊。」

「兩位請慢用！」

店員面帶笑容低頭鞠躬，從餐桌旁邊離開。

我也向店員輕輕低頭示意。

「看起來好像很好吃……」

看著眼前的漢堡套餐，我開心地叫了出來。

這裡是地球館裡面的餐廳「MOUSEION」。參觀完一樓之後，我們又從地下一樓參觀到地下三樓，然後決定到這裡吃個午飯。

因為在館內逛了很久，我肚子餓到不行。

雖然在矢野同學面前這麼做，覺得有些難為情，但我還是選擇了份量十足的恐龍腳印漢堡排套餐。矢野同學似乎也想要吃飽一些，同樣點了能填飽肚子的套餐。

「我要開動了！」

「我開動了……」

「嗯～～好吃！」

互相說完開動之後，我試著吃了一口——嗯，發現餐點意外地美味。

紮實的漢堡排讓我那渴望補充體力的肚子得到滿足，覺得自己做了正確的選擇。

不過……我會選擇這道充滿童心的「侏儸紀漢堡排套餐」，不只是因為份量，其實還有其他的理由。

「恐龍……真是太棒了！」

我手裡拿著叉子，難掩興奮地這麼說。

「這裡從大恐龍到小恐龍都有，而且還有好多我不認識的恐龍耶！」

——我迷上恐龍了。

那些在地下一樓展示的恐龍化石，完全奪走了我的心。

以前曾經看過恐龍電影，一直希望有朝一日能親眼看到真正的恐龍。不過，其實我也只是有點感興趣，對恐龍不是非常了解。

可是，我在這裡親眼見到三角龍、劍龍與霸王龍這些曾經耳聞的恐龍，還有葬火龍與高背龍這些頭一次聽說的恐龍。

看過這些恐龍的化石與複製品，以及旁邊的介紹文之後——我完全迷上了恐龍。

這些遠古時代的生物，與它們栩栩如生的生態模型，都讓我如癡如醉。

好幾億年前的遠古時代就存在的巨大生物們……

我變得對恐龍越來越感興趣，回家之後應該也會繼續各種研究。

「對了，入口附近好像有一間紀念品商店呢！」

「是啊，我們晚點去逛看看吧。」

「嗯！我想買恐龍紀念品。希望店裡有賣化石……」

——我們彼此聊著這樣的話題。

我天真地說著這些話——然後突然想起一件事。

「——啊……！」

我……忘記要貼貼了！

不是只有現在，在我們參觀恐龍的時候，還有更早之前也是……

竟然在不知不覺間——忘記要貼貼了！

內心大受打擊，同時也想起來了。

記得……當我們走向地球館的時候，我應該還抱著矢野同學的手臂。

印象中我們就這樣開始參觀，也記得矢野同學當時緊張害羞的表情。

可是……不知道從什麼時候開始，我就放開了他的手，專心看展覽。

我從扶手探出了身子，感動地閱讀介紹文，純粹地享受著參觀博物館的樂趣。

「……嗚！」

懊悔讓我不由得緊緊握住叉子。

我到底在做什麼啊！

貼貼明明也是我今天的重要目標！

不對，那才是我來約會的主要目的！

我怎麼能只顧著享受參觀博物館的樂趣……！

「……嗯？怎麼了嗎？」

矢野同學似乎發現我不太對勁，探頭看了過來。

「食物裡是不是有什麼奇怪的東西？」

「啊，不是這樣的……」

「是嗎？」

他平靜地點了點頭，然後繼續吃起日式牛肉燴飯。

……難不成他是故意的？

『面對這些充滿魅力的展覽物，妳還有辦法跟我貼貼嗎……？』

『曆美，拿出妳的真本事讓我瞧瞧吧……』

這該不會是矢野同學給我的考驗吧……？

如果是這樣……那就糟了。因為我輕易就中了他的奸計。

矢野同學，想不到你在選擇約會地點的時候，早就想到這麼遠了……

既然這樣……我也只能從現在開始力挽狂瀾！

我必須從現在開始逐漸提升親密度，必須要讓我們的親密度恢復到剛入館時的水準！

稍微想了一下，還順便確認過周圍的狀況。

「……矢野同學？」

然後怯怯地開口。

「這個漢堡排真的很好吃喔。」

說完，我指向自己手邊的漢堡排。

「原本還以為這只是普通的兒童套餐，但其實充滿著肉的美味呢。」

「欸，真不錯。據說這裡是由上野的老牌餐廳經營，對餐點的口味也很用心。」

「是啊。那……」

我點了點頭，把叉子刺進漢堡排。

然後慢慢把漢堡排遞到他面前。

「你要不要吃一口看看？」

我這麼問他。

而且……

「雖然我咬過了……但如果你不嫌棄的話……」

我還故意補上這句話——

——間接接吻。

我的目標就是我們至今聊到過許多次的間接接吻。

我要先給他一記刺拳，讓他心生動搖。

為了達成這個目的——我故意把咬過一口的漢堡排拿到他面前。

當然，比起直接用身體貼上去，這招的威力應該沒那麼強。

這樣就會感到心動的人，頂多也就只有小學生或國中生了吧。

可是，因為我剛才太專心看展覽，早就讓我們變得不像是出來約會的情侶了。

所以我要先從這種小地方開始下手，再次把主導權搶回手中。

「……咦？你不吃嗎？」

矢野同學不知為何整個人僵住，我假裝納悶地歪著頭。

肯定……是因為他……

大概因為他是故意要給我考驗，所以才不會輕易讓我過關。

於是我故意換個方向進攻。

「……你果然還是不喜歡這樣吧？」

我裝出失望的表情，問了這個問題。

「你討厭……跟我間接接吻嗎？」

＊＊＊

——我當然不討厭。

我怎麼可能嫌棄曆美吃到一半的東西？

「不，不是這樣的……」

我語無倫次地這麼說，卻不知道該怎麼繼續說下去。

間接接吻……那種事實在太下流了。

還沒正式交往的男女在約會時做出那種事，好像有些不知羞恥。

絕對要當個硬漢的我，實在無法容許那種事。

可是——

「那你怎麼不吃呢……？」

曆美再次這麼問我。

「矢野同學，你不討厭吃漢堡排對吧？畢竟我們一起去過漢堡店那麼多次了……」

——我想要來場硬派的約會，但我不能坦白說出這樣的想法。

我想讓曆美真心認為我是個正直的男人。

反之，如果讓她發現我想要展現出自己正直的一面，就會造成反效果。

『也就是說，其實你很想做色色的事對吧？』

『矢野同學，原來你只想得到我的身體……』

她肯定會這麼認為……！

那可不行！我不想讓她覺得我是那種人！

那我該怎麼辦才好？

我該說什麼話，才能順利度過這關……？

「欸……你不願意吃嗎？」

——那塊漢堡排突然進到我的視線之中。

曆美手裡的叉子刺著一小塊漢堡排。

雖然那塊肉被她咬了一口，形狀變得跟原本不同，但原本應該是恐龍腳印的形狀。

就在這時——我靈光一閃。

那種形狀讓我想到一個妙計——

「……抱歉，我只是覺得有些好奇。」

我假裝若無其事地對她這麼說。

然後——

「這個腳印——不知道這到底是哪種恐龍的腳印？」

「原來是這樣啊……」

曆美露出失望的表情並看向那塊漢堡排。

「嗯……我猜這應該是霸王龍的腳印。因為有三根腳趾，爪子也很尖銳……」

「是啊，我原本也是這麼想的。」

我探出身體，繼續說了下去。

「可是，這道菜不是叫做『侏儸紀漢堡排套餐』嗎？那霸王龍又是生存在哪個時代？」

「我查查看……」

曆美從包包裡拿出手機，迅速上網搜尋資料。

「……網路上說是白堊紀耶！」

「沒錯，所以這不是霸王龍的腳印吧！」

「是啊。那這到底是哪種恐龍的腳印呢……？」

曆美說著並露出認真的表情開始思考。

「我來調查看看吧。」

然後，她露出放空的表情吃完漢堡排，拿起手機開始查資料。

「我猜應該是大型肉食恐龍吧。異特龍……不對，腳印的形狀不太一樣……」

——一切都在我的計算之中！

看到曆美專心上網查資料的樣子，我再次暗自竊笑。

計畫成功了……成功讓她把心思從我身上轉移到恐龍上了！

……曆美會變得這麼喜歡恐龍，完全在我的意料之外。

沒想到親眼看到巨大的恐龍化石，可以讓她變得跟小學生一樣興奮。

可是，這個意料之外的發展，這次幫了我一個大忙。

幸好曆美其實是個只要喜歡上一樣東西，就會忘記其他事情的宅女……

「……嗯，我找不到完全符合條件的恐龍呢。」

我陷入沉思，曆美也看著手機皺起眉頭。

「如果是小型的肉食恐龍，腳印應該會更小一些。該不會其實是蛇頸龍那種類型的恐龍吧？」

「如果妳不介意，我們不如直接去請教館員吧。」

吃完日式牛肉燴飯套餐後，我伸手指向餐廳的出口。

「剛才有一位館員在那附近走動。我們去問看看吧。」

「嗯！」

曆美很有精神地點了點頭，再次低頭看向餐盤。

「那我得快點吃完才行！」

說完，她拿起叉子，津津有味地繼續享用午餐——

＊＊＊

「——港川人……原來是在沖繩出土的啊。」

逛完地球館之後，我們來到日本館。

我們來到二樓的北側，參觀「日本人與自然」展——

「啊哈哈，你看這位父親的表情！我爸爸也經常露出這種表情喔～～原來人類從很久以前就是這樣了呢……」

眼前是從原始時代到近代，各種時代的日本家庭等比例塑像。

我定睛注視著他們每一個人——

「……啊！」

就在這時——我猛然驚醒。

我……又忘記了！

完全忘記要跟矢野同學貼貼了！

「嗚……！」

懊悔讓我不由得緊咬嘴唇。

真是太大意了！一次就算了，我竟然再次沉迷於科博館的魅力！

竟然忘記正事，只顧著觀賞眼前的展覽物……！

我裝出冷靜的樣子，偷偷看向身旁的矢野同學。

「啊～～真的耶。」

他悠哉地這麼說，專心看著眼前的塑像。

「這樣看就會發現，人類的生活還真是毫無改變呢……」

……眼前這些展覽物確實很有趣。

這裡有在沖繩出土的舊石器時代港川人家庭塑像。

我看到努力捕捉沖繩秧雞的父親，還有採集到水果與法螺、看起來很有活力的母親。父親臉上有趣的苦笑，讓人可以隱約看出這對夫妻的關係，忍不住對幾萬年前的人類感同身受。

……可是，這不是重點！

眼前的矢野同學才是重點！我必須努力縮短我們之間的距離！

然而，我剛才到底在做些什麼……？

竟然被求知慾牽著鼻子走，沉浸在過去的歷史之中……

「……這樣不行。」

今天這場約會讓我明白一件事。

不能繼續這樣不乾不脆了。

抱住手臂與間接接吻這種小伎倆根本不夠看。

而且如果我還要找藉口，或是假裝一切都是偶然……如果再這樣的話，就不會有任何進展。

必須明確展現出自己的想法。

所以——

「欸……矢野同學。」

說完，我拉住他的衣襬。

然後邁出腳步——

我帶著他走出展覽室，走向沒人的樓梯。

「怎、怎麼了嗎……？」

矢野同學驚訝地這麼問，但我沒有回答。

我大步前進走下樓梯，來到四下無人的走廊角落。

矢野同學正面看著我，表情顯得有些困惑……

我的心臟也開始越跳越快。

就在這時——我先做了個深呼吸。

把博物館裡的冰涼空氣吸進肺裡之後……閉上眼睛。

然後對著他稍微抬起頭。

「……嗯……」

我還發出這樣的聲音。

——我做到這個地步，他應該也明白了吧。

女朋友把他帶到沒人的地方。

而且還閉上眼睛面對著他。

——我想要跟你親親。

不管是誰應該都會明白，這個局面就是「那種意思」。

更何況……聰明的矢野同學不可能看不出來。

而且這裡沒有展覽物，也沒有其他東西。

這樣他就不能轉移話題……再也無處可逃了。

——我的心臟從剛才開始就跳得超級快。

臉頰燙到不行，掌心也滿是冷汗。

仔細想想……我跟矢野同學上一次做這種事時，是什麼時候呢？

是在去宇田路的途中嗎？還是在新函館北斗的旅館裡面……？

想起那一晚的事情，我的心臟再次猛然一跳。

我就這樣心慌意亂地等著他行動——

＊＊＊

——這樣實在太明顯了。

我想要裝傻都沒辦法——她顯然是要跟我親親。

「……嗚！」

為什麼！

我們明明還沒交往，曆美今天為何一直想做這種事啊！

她是在測試我嗎？可是，次數也未免太多了吧！

還是說，她還有其他理由……？

我不知道答案……只能下意識地環視周圍。

迅速移動視線，找尋有什麼能讓曆美轉移注意力的東西。

可是……我找不到。

這裡是樓梯的轉角處，就只是普通的走道。

完全沒有能讓曆美轉移注意力的東西……

「……」

我很自然地重新看向曆美。

她輕輕閉著眼睛，長長的睫毛在臉頰蓋上一片陰影。

她的肌膚水嫩透明，薄薄的嘴唇也充滿光澤。那種色彩……讓我忍不住吞下口水。

——我當然也想跟她親親。

我一直喜歡著曆美。

從高中二年級的開學典禮那天，我們兩人初次見面的時候，我就喜歡上她了。

因此——我心中現在有一股衝動。

我想要碰觸曆美，這股衝動已經強烈到快要爆發。

可是——

「……嗚！」

我還是咬緊牙關拚命忍住了。

就是因為這樣——我才想做個正直的男人！

我希望讓過去受過太多傷害的曆美得到幸福。

身為她的戀人，不想讓她覺得不安，也不想讓她感到不開心。

這樣的話，先後順序就會變得很重要，要是我受到一時的氣氛影響，就會覺得自己好像沒把曆美當成一回事。而我絕對不想做出那種事。

所以，我讓腦袋全速運轉，拚命壓抑自己內心的慾望。

「……回去吧。」

我對曆美這麼說。

「我們還是先別做那種事了……回去看展覽吧。」

已經無法隨便敷衍過去，也無法為自己找理由了。

我說得非常直接。因為現在只能這樣拒絕她。

也許是被這句話嚇到，曆美猛然睜開眼睛，用那雙大眼睛注視著我——

＊＊＊

「……嗯，你說得對。」

聽到矢野同學這麼說，我輕輕點了點頭。

「對不起，做了這種奇怪的事情……」

——我被拒絕了。

矢野同學——明確地拒絕跟我親親了。

「不，該道歉的人是我……」

「你別這麼說……」

「……」「……」

我們兩人不發一語，垂頭喪氣地走回展覽室。

疑惑與悲傷一直在我的腦海裡盤旋。

為什麼他要那樣躲避我？

矢野同學今天為何不肯跟我貼貼？

我原本以為他是要考驗我。

「妳就盡全力來跟我貼貼吧！」

我以為那是一種男女之間的調情方式。

也覺得自己剛才那樣有點亂來。

在博物館裡面親親，可能會給其他客人造成困擾。

我覺得矢野同學的反應很合理。

可是……

「……啊，那是棕熊的標本。」

我們來到下一間展覽室。看到裡面的展覽物之後，矢野同學叫了出來。

「要是在山裡遇見這種傢伙，恐怕只能求神明保佑了吧～」

說不定……其實是我誤會了。

矢野同學跟我保持距離的理由，說不定跟我想的不一樣……？

他跟交往對象保持距離，還拒絕跟女朋友貼貼。

……而讓他決定這麼做的理由，我現在只想得到一個。

如果真的是這樣，不管怎麼想，我都只能想到「那件事」了……

「……」

我一句話都說不出來，只能茫然地跟在他身後——

＊＊＊

——不忍池。

仔細想想，我還是頭一次來到這裡。

「欸～這裡是個平靜的好地方呢……」

參觀完國立科學博物館之後，我們還在紀念品商店買了伴手禮。

然後，我們來到今天最後要造訪的不忍池。

「這裡好像還能租船遊湖……那間佛寺應該就是辯天堂了吧。」

太陽早就大幅傾向西邊，眼前的景物逐漸染成橘色。

充滿自然風情的水池與遼闊的天空，跟遠方的高樓形成有趣的對比。

我再次遙想著東京這個城市經歷的漫長歲月，還有那些依然沒有改變的事物。

……我開始緊張了。

在這場約會的尾聲，我即將面對最後的挑戰，心裡變得非常緊張。

我準備按照原定計畫向曆美告白。

要再次告訴她自己的心意。

然後，我要明確地告訴她，我想跟她成為男女朋友——

可是……我偷偷看向曆美。

她安靜地跟在我身後，距離大約是一公尺左右……

自從我拒絕親親之後，曆美就一直都是這樣。

她變得很安靜，話也變少，也不再試著跟我貼貼。

當她看著展覽物的時候，也顯得有些心不在焉。

那表情充滿悲傷，顯然是受到很深的傷害。

「……」

……我知道自己可能搞砸了。

拚命閃躲曆美的親暱舉動，或許是錯誤的選擇。

我想當個正直的男人，想要好好珍惜曆美。這就是我忍耐的原因。

可是——曆美變得很沒精神。

她的表情看起來很失落——

我今天的態度……是正確的嗎……？

或許應該用更加不同的態度對待曆美……

——我們走向辯天堂。

然後在正殿前面左轉，來到可以把不忍池盡收眼底的地方。

環視周圍……發現這裡四下無人。如果要說那件事的話，這裡應該很合適。

「……謝謝妳今天陪我出來。」

我回頭看向曆美，努力對她擠出笑容。

「很久沒有跟妳一起度過了，我玩得很開心。博物館也很有趣……」

「……嗯。」

曆美還是一樣不太說話，只應了一聲就輕輕點頭。

「我也玩得很開心……」

「希望以後還有機會過來。畢竟我們好像太快逛完日本館了。」

「……是啊。」

曆美果然沒什麼精神。

可是——我不能在這種時候退縮。

既然原本就決定要這麼做，就應該貫徹到底。

我要按照原定計畫向曆美告白——

「……那個……曆美。」

我先清了清喉嚨，然後喊了她的名字。

「其實……我今天有話想要對妳說。」

「……啊！」

曆美猛然抬起頭來。

她先是用驚訝的表情看著我——然後不知為何難過地扭曲著臉。

「……我想也是。」

她露出似哭似笑的表情，對我這麼說道。

「我就知道你要跟我談那種事……」

……那種事？

我不知道。我不知道曆美是指什麼事。

不過，我還是握緊拳頭，繼續說了下去。

「那個……我只是希望再次告訴妳……」

說完，我轉身面對曆美。

大大地吸了口氣，在腦袋裡整理好自己要說的話。

「今天出來跟妳約會之後，我完全搞懂自己的心意了。我想跟妳——」

「——你是想跟我分手吧！」

——曆美這樣叫了出來。

她露出快要哭出來的表情，狠狠瞪著我這麼吶喊。

「矢野同學……你已經不喜歡我了！現在想要跟我提分手對不對！」

「……咦？」

聽到曆美這麼說——我不由得愣住了。

跟她分手？我不喜歡她了？曆美她到底在說什麼啊……？

說到底——我們根本還沒交往不是嗎……？

＊＊＊

「等……等一下！」

——我終於說出那句話了。

聽到我問他是不是想要分手，矢野同學露出困惑的表情。

「曆美……妳到底在說什麼？我想跟妳分手？我不懂妳的意思……」

「你不可能不懂吧！」

看到他裝傻的樣子，我完全哭了出來，忍不住激動反駁。

「因為……你會那樣躲著我，還這樣對我說話，不就只可能是因為這樣嗎！」

「不……不對吧！」

矢野同學可能是被我嚇到了吧。

他回答的語氣也變得激動了起來。

「妳那樣一直貼上來，我當然要躲開吧！」

「你為什麼要躲開！那又不是什麼壞事！」

「當然是壞事啊！」

「我就知道！其實你早就不喜歡我了——」

「——我喜歡妳啊！我當然喜歡妳。可是，我們現在就做那種事——」

「——有什麼不行？為什麼你不願意——」

我們吵了起來。

完全演變成互相比大聲的吵架了。

「——一般來說不行吧！我不希望妳做出那種事……」

「——我當然會想要那麼做吧！我才……」

我們的爭吵聲傳到了不忍池。

待在正殿周圍的遊客都看向這裡。

可是——我們就是停不下來。

然後——

「——曆美，妳也知道我們不能那麼做的理由吧！因為我們——」

「——我不知道為什麼不行！因為我們——」

「——因為我們還沒交往！」

「——因為我們正在交往！」

「……咦？」

「……咦？」

——我們之間陷入沉默。

一陣風從旁邊吹過，烏鴉發出可笑的叫聲飛向遠方。

「等等，我們現在還不是男女朋友吧？」

「不對吧？我們不是早就交往了嗎？」

「咦……？」

「咦……？」

我們還沒交往？我們……？

他到底在說什麼？這到底是什麼意思……？

不知道過了多久。

感覺他沉默了整整十秒左右。

「……沒錯。」

矢野同學怯怯地開口了。

「我曾經說過喜歡妳。在宇田路那間小學的屋頂上，我確實有說自己喜歡妳……但我們應該還沒開始交往吧？」

「我……聽到你說喜歡我，而我也說過自己喜歡你，就覺得我們已經算是在交往了。」

我很理所當然地這麼認為。

我們確實沒有明確說要交往……但我們是在發生許多事情後，才會說出那樣的話，應該可以算是正式交往的男女朋友了吧……

而且我在回到西荻之後，也一直都是這麼認為的……

「可是……我覺得這種事還是要清楚說出來比較好！」

矢野同學激動地這麼主張。

「我覺得交往這種事，必須在雙方好好談過，把事情講清楚之後才能算數……」

這句話很有矢野同學的風格，讓我感到有些心動。

就連在這種時候，他還是沒有改變。

然後，他說話突然變得吞吞吐吐。

「我會故意閃躲，跟妳保持距離，都是因為想要做個正直的男人……」

「原來是這樣嗎！」

——我大聲叫了出來。

正殿周圍的遊客再次看向這裡。

「我還在想你怎麼一直閃躲，原來是因為這樣嗎！」

「是啊。因為我覺得還沒交往就那樣親密接觸不是很妥當……」

……我總算明白了。

原來他並沒有討厭我。

他只是認為我們還沒正式交往，想要先把話說清楚罷了……

「其實……我跟你正好相反！」

我抬起頭向矢野同學這麼解釋。

「我以為我們正在交往，才會想要多做一些情侶之間的互動。因為我回到西荻之後，我們完全不像是一對情侶。要是在這次約會中也沒有親密互動，我怕我們會變得漸行漸遠，才會想要對你做出那些事……」

「……原來如此。」

他好像總算明白原因了。

矢野同學仰望天空，深深地嘆了口氣。

「原來只是一場誤會啊……」

我現在的心情跟他完全一樣，也跟著抬頭往上看。

現在是四月的傍晚時分，天空逐漸從橘色轉為群青色。

天上飄著耀眼的金黃色雲朵，吹過來的風還帶有些許暖意……我深深鬆了口氣。

——矢野同學以為我們還沒交往。

所以才會刻意避免跟我親密接觸。

——而我以為我們早就開始交往了。

所以才會拚命想要跟他親密接觸。

因為這樣的誤會……讓我們今天都在白費力氣。

「……抱歉，我不該對妳那麼冷淡。」

矢野同學弱弱地這麼說。

「被自己以為是男朋友的人那樣拒絕，妳一定很受傷吧……」

「該、該道歉的人是我！」

我連忙向他道歉。

「你應該也很困擾吧？我那樣硬貼上去……」

說完——突然覺得很難為情。

啊啊啊啊～～我到底做了些什麼……

我竟然自作多情，一下子硬要抱住他，一下子又突然向他索吻。

我臉頰發燙，不知道今後該怎麼面對矢野同學……

「……我們到底在做什麼啊？」

說完，矢野同學笑了出來。

我看到他也羞紅著臉。

「雙方都誤會彼此，做一些毫無意義的努力。」

「……呵呵，就是說啊。」

我也不小心跟著笑了出來。

「我們兩個真的很蠢。」

「就是說啊。我們今年可是考生，這樣真的沒問題嗎？」

「是啊～～我開始擔心了呢。」

兩人笑了好一陣子。

我們今天在國立科學博物館逛了一整天，結果兩個人都沒有搞清楚狀況……

雖然我在這個過程中曾經感到焦慮、擔憂與悲傷，但最後可以像這樣用笑聲劃下句點，其實也還算不錯。

事實上，今天也確實有許多開心的事情。

我很喜歡那些展覽，還愛上了恐龍，又跟矢野同學共度了一天。

現在誤會解開了，這一切也都成了笑話，變成美好的回憶。

「那……我有個建議。」

就在這時，我突然有個想法，於是便向矢野同學這麼說道。

在今天這場約會的最後，我給了他一個最適合在這時提出的建議。

「我們就從現在開始正式交往吧。」

「從現在開始？」

「是啊。經你這麼一說，我也覺得那時沒說清楚。我們應該先確定彼此的關係。」

「……嗯，我贊成。」

矢野同學似乎也同意，對我點了點頭。

然後，他大大地做了個深呼吸，筆直面對我。

「——我喜歡妳。請妳跟我交往。」

他明確地說出這句話。

我早就知道他會這麼說，卻還是免不了感到心花怒放。

突然湧上心頭的暖意，讓我很自然地笑了出來。

「——我也喜歡你。」

我這麼答覆他。

「今後請多多指教……」

——一隻鳥兒從我們頭頂上飛走，彷彿要為我們獻上祝福。

我用一隻眼睛目送著那隻烏鴉離去……在心中這麼想著——

那隻幫我和矢野同學做見證的烏鴉，也是六千五百萬年前滅絕的恐龍子孫呢。

第二話
Chapter.2

【曆美爆紅記】

Bizarre Love Triangle 三角的距離無限趨近零

——52,066Views

我拿著曆美的手機，看著她寫的第一篇部落格文章。

在洞察報告的「瀏覽次數」欄位裡——顯示著這樣的數字。

沒想到位數竟然會有這麼多。

「我算看看喔……個、十、百、千……」

我——須藤伊津佳用顫抖的手指算了一下。

然後——

「——五萬！」

我忍不住大聲叫了出來。

「曆美的文章……竟然有五萬兩千次觀看！」

揉了揉眼睛，重新確認了幾次……但果然沒有看錯。

五萬兩千次……！

我們高中大約有一千兩百位學生……所以這人數至少超過四十倍。

竟然有這麼多人看過曆美的文章……！

「是啊……」

曆美用快要哭出來的表情看著我。

「我明明是第一次發文，也沒有特別告訴你們以外的人……」

然後，她拉住我的手臂。

「伊津佳！我現在該怎麼辦？總覺得有點可怕！」

還這樣向我求救——

……看到她無助的表情，讓我稍微想起來了。

想起事情變成這樣的原因。

也就是曆美開始在網路上發表自己文章的契機——

*

——六月了。

我們升上三年級後已經過了兩個月。

某一天的午休時間，在文組升學班的三年四班教室。

「……我真是受夠了～～」

我——須藤伊津佳嘆了口氣，整個人趴倒在桌上。

「我真的超討厭梅雨。乾脆殺了我吧……」

我現在很憂鬱。簡直……憂鬱到不行。

心情盪到谷底，身體也莫名沉重。

現在毫無幹勁，滿腦子只想回家，卻連要動身回家都提不起勁。

完全沒救了。結束了。伊津佳的人生就到此為止了……

原因就是……在窗外傾洩而下的可恨大雨。

還有教室裡揮之不去的濕氣。

「……要是能讓六月從這個世界上消失就好了……」

——就是受不了。

我真的很討厭這個季節的氣候，而且是最討厭的那種。

這種氣候讓我完全提不起勁，明明是個考生，卻完全不想讀書，最近每天都過著渾渾噩噩的生活。

我自己也知道這樣不行啦～

因為想當個幼稚園老師，所以打算報考東京都內大學的教育學系。為了實現這個願望，我知道自己必須用功讀書。可是我做不到。身體動彈不得。啊——我真的做不到～

「有這麼嚴重嗎……」

細野一臉困惑地單手拿著便當，坐在我旁邊的座位上。

「只不過是下個雨罷了，妳有必要這麼苦惱嗎……」

「因為我就是受不了低氣壓。而且我的髮質偏軟，只要濕氣太重就會亂翹。這對愛漂亮的女孩來說可是致命傷啊。」

「會嗎？我覺得妳看起來跟平常沒兩樣……」

「這樣叫做沒兩樣嗎！這樣耶！」

我想也不想猛地站起身。

「啊～你這傢伙的神經還是一樣大條耶！小時竟然有辦法跟你這種男生一直交往下去！」

「……抱歉。」

「真是的！難道你就不能說些我頭髮亂翹也很可愛之類的話嗎！」

「就算被我稱讚，妳也不會開心吧……」

——他是我從小學就認識的朋友，也是在國小與國中當了六年同班同學的細野晃。

雖然升上高中以後，我們前兩年都待在不同的班級，但今年又久違地同班了。

平常總是像這樣鬥嘴，但我讀二年級時的同班同學都分開了，所以有個可以輕鬆交談的對象仍然是件好事。

更何況——

「喔——他們兩個今天還是老樣子呢……」

我聽到教室門口傳來苦笑的聲音。

「伊津佳跟細野同學感情真好呢。」

「畢竟他們從小學時代就那樣了。」

「原來是這樣啊……」

「……啊，你們終於來了！」

我轉過頭去，朝向站在那裡的朋友們揮手。

「過來這邊！我們快點吃飯吧！」

站在那裡的，就是從文組資優班過來的矢野、曆美與小時——柊時子。

還有從理組資優班過來的修司。

——我們都被分到不同的班級了。

即便因為不同的志願被分到不同的班級，我們還是會像這樣每天跑到對方班上，大家聚在一起吃午飯。

「啊～～我也覺得梅雨很討厭呢～～」

我們把幾張桌子擺在一起，開始吃起便當。

曆美皺起眉頭，對我這麼說道。

「只要一個不注意，鞋子就會濕掉。我的故鄉沒有梅雨，所以覺得更不習慣呢。」

「對喔。我都忘記北海道沒有梅雨了！」

「是啊，北海道在這個季節反倒很舒適。我來到東京之後被嚇到了呢。」

——她是水瀨曆美。

差不多兩個月之前，我這位朋友還有著秋玻與春珂這兩個人格。

在問題都解決之後，她把事情的來龍去脈都告訴我了。

據說秋玻與春珂原本都是曆美這個人格。

因為無法接受這個人格裡的脆弱與矛盾，她才會變成雙重人格者。

然後，因為矢野的努力與她本人的決心，她順利地讓人格統合了。

秋玻與春珂——再次變成曆美這個女孩。

……我完全可以理解。

有時候確實也對自己心中的矛盾很反感。

曆美又是個認真的女孩。她應該比我還要無法原諒這樣的自己吧。

但，必須實話實說。

跟這樣的曆美相處，有時候還挺緊張的。

畢竟雖說她的人格統合了，也不知道她到底變成了什麼樣子。想到她應該也受過不少傷害，就讓我不曉得該怎麼跟她相處。這樣應該叫做過度緊張吧？可能是我想太多了。

可是——我們在曆美的歡迎會上再次見面了。

在曆美家裡見到她時……發現她其實很普通。

她就是個極其普通的女孩，很自然地兼具秋玻的認真與春珂的開朗，讓我覺得我們好像做了很久的朋友。

我也知道這樣很奇怪。我們明明就跟初次碰面沒兩樣，竟然還會冒出這樣的感想。

可是，我真的有這種感覺。

所以，就算我們都升上三年級了，我跟曆美依然是摯友，每天都開心地混在一起！

「啊……對了。」

曆美露出突然想起某件事的表情。

「我有件事想找你們商量。」

「喔？什麼事？」

「是關於出路的事情嗎？」

「對。其實我呢……」

聽到我跟小時這麼問，曆美點了點頭。

「我從以前就對寫手這個行業很感興趣，想要寫些關於電影、音樂和小說的評論與隨筆。」

「嗯，我有聽妳說過。」

矢野喝了一口茶，接著說出這句話。

「為了磨練寫作能力，妳才會以考上大學的文學系為目標不是嗎？」

「是啊。」

沒錯，我記得秋玻曾經說過這樣的話。

她說她想成為一位寫手，在雜誌或網路上寫文章。

「我已經開始準備考試，也去調查過成為寫手的具體作法……結果發現那些現在當紅的寫手，在當上職業寫手之前，好像都會先在自己的部落格上發表文章。所以我也想寫些文章，測試一下自己的本事。應該會寫一些作品評論類的文章吧。」

「聽起來不錯。」

修司開心地這麼說。

「我也喜歡閱讀那種文章。等妳寫好了要告訴我喔。」

「嗯，我一定會告訴你的。」

我確實也想看看曆美寫的文章，感覺好像很有趣。

話說回來，她竟然從現在就已經開始為將來做準備，實在是很了不起～

畢竟我連考試的事情都還沒認真想過，突然覺得曆美有些耀眼。

「只是……」

曆美微微皺眉。

「我不知道該怎麼開始。大家現在好像都不太寫部落格了……我是不是應該在其他地方發表文章？還是說，我不要管別人怎麼做，直接在部落格上寫文章？我就是想要找你們商量這件事。」

「原來如此……對了，我姊姊好像也是這樣耶。」

認真聽完這些話之後，小時輕聲地這麼說。

「她以前也有經營部落格，但最近好像完全轉移到Twitter上了。因為她是一位作家，所以考慮到宣傳上的問題，才會改用文章更容易擴散出去的Twitter。」

經她這麼一說，才發現自己最近確實很少看別人寫的部落格。

都在看TikTok或YouTube這類社群網站上的東西，比較少閱讀大篇幅的文章。

「妳想寫的是評論或隨筆對吧？」

我交叉雙臂，稍微想了一下。

「可是，我覺得拍影片應該比較符合現在的潮流。我還聽過TikTok的評論影片讓書本大賣這種事，而且也有那種專門經營YouTube頻道的評論員。」

「啊，這個我也考慮過了。」

曆美露出猶豫不決的表情。

「不過，拍影片就要自己開口說話不是嗎？雖然有人可能會使用合成語音，但基本上都還是用自己的聲音。」

「嗯，確實是這樣呢。」

「如果可以的話，我還是想要寫成文章。畢竟會想做這件事，也是因為看了自己喜歡的寫手的文章。我還想要寫一些篇幅較長的評論，但影片好像都是短影片比較受歡迎……」

「如果是這樣，我可以推薦妳一個網站。」

說完，修司拿出自己的手機給我們看。

「妳看過這個網站嗎？」

螢幕上顯示的……是一個版面簡潔的網站。

主要色調是水藍色與白色，看起來很順眼。

網站上分成好幾個區塊，上面排列著各類相關文章的縮圖。

總覺得我對這種配色好像也有印象。

「……我看過！這是memo對吧！」

聽到曆美這麼說，才想起這確實是名叫memo的網站。

memo是一個可以讓各種創作者投稿文章、照片、插畫與影片的網路平台。

因為性質類似於社群網站，任何人都能註冊，但也有許多知名的音樂人士、小說家與次文化創作者，在上面發表篇幅較長的文章。

「我喜歡的寫手中，也有很多人在這個網站上發文呢。」

曆美也拿出自己的手機，讓螢幕顯示出memo這個網站，還在螢幕上點了好幾下。

「這確實是個不錯的選擇。」

「但跟知名的影片分享網站相較之下，觀看者應該會比較少。」

修司很乾脆地指出這個網站的缺點。

「文章畢竟還是比較不容易擴散，我想應該很難有機會爆紅。不過，我覺得這個網站很適合妳的風格，從這裡開始經營或許也不錯。」

「原來如此……」

她輕輕點了點頭。

曆美拿著手機，專心盯著memo看。

「嗯，謝謝你的建議。我會先去註冊會員，之後再來考慮要怎麼做。」

她抬起頭來，笑著對修司這麼說。

「我乾脆先試著寫一篇文章算了。」

「喔喔，這是個好主意。」

「等我寫好了就傳給你們看。」

……啊～～她真的很了不起呢。

看著他們討論的樣子，心裡再次冒出這樣的感想。

我還在虛度光陰的時候，曆美就已經開始為將來做準備了。

我也差不多該決定要考哪間學校了。

真希望這種潮濕的天氣趕快結束……

我一邊想著，一邊抓起自己的頭髮，發現濕氣果然讓我的頭髮變亂了。

這讓我的心情再次跌落谷底，在瞬間提起的幹勁也跟著煙消雲散。

＊

——就在當天晚上。

「……啊，曆美竟然這麼快就寫好文章了。」

曆美用Line傳了訊息過來，我立刻點開裡面的連結。

頁面上顯示著「ｍｉｎａｓｅ」這個作者名，還有她對某本單集漫畫的評論。

雖然我沒看過這本漫畫……但隨便看了一眼，就忍不住發出了「喔喔」的讚嘆聲。

「她的文筆真好呢。」

總覺得……這篇文章寫得很不錯。

我無法說出具體的優點，但讀起來就是很順暢。雖然這篇評論看似有著深刻的意涵，卻不會讓人讀不下去，可以輕易地看完。

這種事其實很常見。我有時候也會看看別人怎麼評論自己喜歡的漫畫，卻發現那些評論都寫得很深奧，讓人根本看不下去。

而曆美的文章完全沒有那種缺點，連我都能順利看完。

這應該就是所謂的文筆好吧？

不過，我也不知道這篇漫畫評論寫得算不算好。畢竟我也沒有看過那本漫畫。

矢野或細野應該看過，我還是明天再去問他們有何感想吧。

如果評論的內容也不錯，我想曆美應該真的有機會成為職業寫手呢。

我一邊這麼想著，一邊把手機接上充電器，用Netfilx追劇完之後就上床睡覺了。

換句話說，對於那篇評論的事情，其實我當時沒有想太多——

＊

——到了隔天。

「大、大事不好了！」

曆美跑來找我。

她看起來非常慌張。

「我……我需要你們幫忙！」

時間是早上，地點是我跟細野的教室。

昨天一起吃午餐的成員再次聚集，聽曆美說她遇到的麻煩。

為什麼是這個時間要找我們幫忙？難不成她又跟矢野吵架了嗎？

我昨天可是熬夜看完「梨泰院Class」，現在睡眠不足……

當我想著這種事時，曆美拿出自己的手機，開始在螢幕上滑動。

她開啟memo這個網站，登入自己的帳號，叫出洞察報告的畫面。

「昨、昨天上傳的那篇文章，瀏覽次數好像有點誇張……」

「是喔……」

有點誇張……也就是五百次左右的意思嗎？

雖然我也不是很懂，但看來那篇文章果然寫得很不錯，應該在某些人之間引起話題了吧……？

「妳看看這個……」

曆美似乎終於找到要找的頁面，把手機螢幕拿給我們看。

我探頭看向手機螢幕。

——52,066Views

「我算看看喔……個、十、百、千——五萬！」

我叫了出來。

「曆美的文章……竟然有五萬兩千次觀看？」

「是啊……」

曆美用快要哭出來的表情看著我。

「我明明是第一次發文……也沒有特別告訴你們以外的人……伊津佳！我現在該怎麼辦？總覺得有點可怕！」

「哇！不會吧……」

矢野探出身體，再次確認洞察報告的內容。

「我也覺得那篇文章寫得不錯，可是怎麼會多成這樣……」

「我也不知道。我早上起來一看，就突然變成這樣了……」

「可以讓我看看嗎？」

說完，修司伸手接過曆美的手機。

然後，他在螢幕上點了幾下，切換顯示的頁面。

「我懂了……瀏覽次數好像是在昨晚九點過後才迅速增加，看這個網址……應該是被轉發到Twitter了……嗯嗯，我找到了。就是這則貼文。」

修司自顧自地不斷點頭，然後把手機轉過來給我們看。

螢幕上顯示著西園質量這位女性時事評論員的推特頁面。我曾經在電視上見過這個人，她好像是一位知名的社會學家？

『我最近也很喜歡這部漫畫，才會看到這篇精闢的評論。可是，這位minase到底是什麼人？我實在不認為這是外行人寫的評論。』

上面寫著這則貼文，還附上通往文章的連結。

那則貼文……竟然得到好幾千次的轉發，以及將近一萬個喜歡。

「而這則關於memo的貼文，似乎在某些人之間引起了討論。討論者大多都是這部漫畫的粉絲，而且幾乎都是好評……你看。」

修司又繼續在Twitter的頁面上點了幾下。

「這應該是作者的帳號吧？他發了一則貼文為此慶祝，那則推文也得到了許多閱覽次數。」

啊～～真的耶。

手機螢幕上顯示著那位漫畫家的推文。

『想不到竟然有讀者研究得這麼仔細，真是讓我這個作者感動到不行。』

雖然比不上那位社會學家，但這則推文也得到許多轉發，底下也有許多留言。

「……原來如此。」

曆美伸手扶額，看起來還沒完全接受這個狀況，輕輕點了點頭。

「看來就是這兩個人把我的文章擴散出去……」

她用自言自語般的口氣這麼說。

那不是覺得高興，而是感到驚訝的表情。

不過……她會嚇到也很正常。

只不過是在網路上發表對漫畫的評論，想不到竟然會被作者本人看到。

而且曆美寫這篇文章應該沒有什麼特別的意圖吧，總之就只是為了成為寫手，寫一篇文章練筆，想要拿給朋友看看罷了。

「而且大家好像都對這位名叫ｍｉｎａｓｅ的寫手很感興趣呢……」

小時好像用自己的手機確認過了。

她有些擔心地這麼說。

「這可能是因為第一個轉發的人說了ｍｉｎａｓｅ不像是外行人這種話，結果好像大家開始猜測這是不是知名寫手的化名……」

「這、這才不是化名呢！」

面對這種莫名其妙的質疑，曆美臉色大變。

「我只是普通的高中生。因為覺得不是很重要，我連筆名都是隨便亂取的……」

說到這裡，曆美突然閉上嘴巴。

「……真不知道還會發生什麼事。」

她用幾乎聽不到的聲音小聲呢喃。

「我完全沒想到會這樣，覺得有點害怕……」

原來瞬間爆紅會讓人有這種反應啊……

原本還以為這能讓人得到肯定，心情也會跟著變好，腎上腺素「嗚哇～～！」似的迅速飆升，但這樣確實反倒會讓人害怕耶。

看到這麼多人對自己感興趣，確實不會只是一件令人開心的事情。

雖然我有些憧憬這種事，但看來這也不完全是件好事……

「……我覺得妳應該繼續寫下一篇文章比較好。」

「繼續寫下一篇？」

矢野脫口說出這句話，讓曆美納悶地歪著頭。

「是啊，妳要寫一篇能夠平息這股熱潮的文章。」

矢野向曆美點了點頭。

「要是就這麼放著不管，那些網友應該還會繼續討論minase的真實身分一段時間？這種討論可能會害妳身分曝光，總覺得有點可怕……」

「……說得也是。」

曆美臉色蒼白地不斷點頭。

「我想趕快讓大家停止討論……」

「對吧？那妳反倒應該繼續寫下一篇文章。雖然妳寫出一篇爆紅的文章，讓網友直接把妳封神，但如果妳又接著寫出一篇不怎麼樣的文章，可能就會覺得『很普通嘛』。」

「原來如此！」

曆美似乎明白矢野的意思，表情也亮了起來。

「你說得對。這個辦法好像可行喔！」

矢野的說法確實沒錯。

要是她現在停止更新，只會給人一種神祕與帥氣的感覺。

大家會覺得她是一個就算爆紅也不為所動的強者。

如果要讓這股熱潮平息下來，反倒應該設法讓人覺得她其實並沒有那麼特別。

矢野，幹得漂亮！我覺得這是個好主意喔！

「可是，那我該寫什麼呢？我想成為一位寫手，實在不是很想故意亂寫。我到底該寫什麼樣的文章，才能讓這股熱潮平息下來……」

面對這個問題，聚集在此的眾人紛紛提出了建議。

「妳覺得寫古典名作的評論怎麼樣？」

「不，我覺得應該寫那種還只有一話的全新連載作品之類的……」

「在這種時候突然寫一篇隨筆應該也行吧？」

「我反倒覺得寫日記是個不錯的主意呢……」

然後，我也想到了一個主意。

「啊，那我有個想法！」

我舉起手來。

「不知道妳覺得這樣如何！」

將自己想到的辦法——開始向曆美說明。

*

「——啊哈哈哈哈哈！曆美，妳這招真是太絕了！」

接著——當天晚上。

看到曆美傳過來的評論，我大聲爆笑。

「我確實是建議她寫這種東西，可是……呵呵呵……」

我再次拿起手機，閱讀那篇文章。

每次重看都讓我忍不住發出笑聲——

「想不到……她竟然會寫國小畢業文集裡朋友的作品！」

——沒錯，這部作品不是漫畫，也不是小說或電影。

既非商業作品，甚至連同人作品都算不上。

她把過去跟自己同班的女生寫的作文，寫成了評論。

「——妳就挑一部超級冷門的作品來寫評論吧。」

這就是我給曆美的建議。

「——不是那種不為人知的名作，而是真的只有妳看過的作品！這樣那些網友應該也不知道該做何反應了吧？」

沒錯。我認為這樣大家就會感到困惑。

因為大家都沒看過那部作品，就算看到那部作品的心得感想，也只能說聲：「是喔……」根本看不出那篇評論寫得到底好不好。

不過，因為曆美看過那部作品，所以那篇評論在她眼中依然是一篇認真寫出來的文章。

嗯，我也覺得這是個好主意！伊津佳真是了不起！

結果曆美和其他人也都贊成這個主意。

曆美很快就動筆寫了這樣的評論……而這篇文章就是她的成果。

「這真是笑死人了！沒想到她會做到這種地步！」

當然，我想曆美應該沒有亂寫。

只要讀過這篇評論就能明白，曆美是真心被那篇作文感動了。她至今依然很喜歡那篇作文，偶爾還會拿出來重新翻閱。

這篇評論裡充滿了她對那篇作文的愛，連我這個不認識作者的人都變得有些想看。

到底是怎麼樣的一篇作文呢？我想親自看看。

可是……

「看到這樣的評論，那些網友應該會很傷腦筋吧……」

光是想像就忍不住笑了出來。

一個眾所期待的新人寫手，突然開始評論畢業文集裡的作品，真不知道那些網友會怎麼想。雖然我不知道答案，但至少現在這股莫名其妙的熱潮，還有那種想查出minase身分的氛圍，應該都會平息下來才對。

這讓我放鬆了心情。

『下次也讓我看看那本畢業文集吧！』

然後傳給曆美這樣的訊息。

『我想看看那篇能讓妳這麼稱讚的作文！』

『我知道了，那我改天帶去學校給妳看。』

跟她這樣說好之後，我那天晚上睡了一場好覺——

＊

隔天早上——我來到還沒開始上課的教室。

「——又爆紅了？」

聽完臉色蒼白的曆美回報狀況，我忍不住這樣大叫。

「昨天那篇文章竟然也爆紅了嗎！」

「是啊……」

曆美用嘶啞的聲音這麼說，然後亮出手機螢幕給我看。

「只過了一晚，瀏覽次數就多達四萬八千次。第一篇文章的瀏覽次數也變得更多，已經超過七萬次了……」

「不會吧……」

——我們身旁的矢野、細野、小時與修司也都一臉困惑。

他們會有這種反應也很正常。

因為那是一篇畢業文集的評論，照理來說……絕對不可能爆紅。

「……為什麼？」

我發自內心感到納悶地這麼說。

「為什麼那篇文章會爆紅呢？」

那應該只會讓人不知該做何反應吧？難道不是只有曆美的朋友看了會開心嗎……？

「其實……好像有不少人覺得那種文章很有趣。」

修司似乎已經分析過其中的緣由，為我做出這樣的解釋。

「那些喜歡次文化的網友反倒給出了好評。他們不是覺得『這篇評論能激起對作品本身的好奇心』，就是覺得『故意寫這種評論很有品味』。」

「不會吧……」

「這篇文章也讓不少知名人士做出回應，讓瀏覽次數變得更多了。老實說，我也沒想到會變成這樣……」

「……不過，其實我稍微可以理解。」

沒想到小時竟然會說出這樣的感想。

「因為我剛收到這篇文章的時候，就覺得很有趣了。其實有不少作品都是對不存在的作品做出評論喔。我覺得那篇文章存在著類似於史坦尼斯勞・萊姆的《完美的真空》，還有波赫士的〈赫伯特・奎因作品分析〉的趣味……」

不會吧！竟然還有那種書嗎！

曆美這次的文章，確實很像是一篇不存在的文章的書評。

因為她對一篇誰也沒看過的文章，做出了非常詳細的評論。

雖然我不是很懂，但好像有人就是喜歡這種文章呢……

「原來如此……」

說完，曆美沮喪地垂下肩膀。

「那、我……今後到底該怎麼做……」

——這個問題我也想問。

曆美接下來到底該怎麼做呢？

她到底該做些什麼，才能結束掉這種莫名其妙的連續爆紅狀態？

我偷偷看向自己的手機，發現網路上也已經開始出現ｍｉｎａｓｅ的粉絲了。

大家都說她是超強新人蒙面寫手ｍｉｎａｓｅ，還對她的真實身分不斷做出各種推測，認為她可能是知名寫手、小說家或是出版社的員工……甚至連她其實是年輕女學生的說法都出現了。

網友已經快要猜到正確答案了！他們到底是怎麼猜到的？

看來我得快點幫她想想辦法！

「……既然這樣，我乾脆豁出去算了！」

——曆美徹底亂了手腳，大聲叫了出來。

如果她是漫畫人物，應該已經處於眼睛在轉圈圈的混亂狀態了。

「總之——我要寫很多文章！想到什麼就寫什麼！這樣肯定能讓大家認清我的真本事，這種熱潮也會平息下來！」

「……這樣啊。」

我點頭同意這個做法，只是不敢說得太過篤定。

「我覺得這個辦法應該可行……」

其他人也開口了。

「嗯，那就這麼做吧……」

「反正也只能這樣了……」

不過，他們也都說得沒什麼信心。

我猜……大家應該都有同樣的想法。

看到minase現在被人吹捧的樣子……這招八成也行不通吧？

前面兩篇文章都這樣爆紅了，就算她真的繼續寫下去，應該也會莫名其妙火起來吧。

不過，我也想不到其他辦法了。

而且我覺得讓現在的曆美繼續為此煩惱有些可憐。

「曆美，妳不要太勉強自己喔。」

我只能對她這麼說。

「要是遇到什麼事情，妳可以來找我商量。如果情況真的很不妙，妳就去跟大人商量吧……」

「嗯，我會的……」

說完，曆美無力地點了點頭。

＊

果然不出所料——曆美之後發表的文章，依然不斷博得好評。

不管是記述平凡一天的日記，對自己過往人生的回憶錄，還是第一次寫的短篇小說。甚至……是突然在深夜發表的詩，全都得到了不錯的評價。

……這樣太扯了吧？

光是有一篇文章爆紅，竟然就能讓世界徹底改變……

最後那首詩讓我看了也覺得很難為情，因為裡面都是些很夢幻的文字，讓人也跟著感到羞恥……

當然，那些文章並沒有像剛開始那樣爆紅。

那種神祕新人突然登場的感覺消失了。

不過，似乎大家的評論也穩固下來：「ｍｉｎａｓｅ？啊啊，是個超強寫手呢。」

「……想不到事情竟然會變成這樣。」

夜深人靜時，我坐在自己房間的桌子前面。

我完全讀不下書，一邊調查曆美在網路上的風評，一邊小聲自言自語。

「曆美已經變成名人了……」

——我現在每天都會這樣上網調查曆美的風評。

我還是一樣完全讀不下書，也看不到未來的藍圖。只是在假裝讀書，其實都在上網。

「……我這樣好像不太妙呢。」

我嘆了口氣，整個人趴在桌上。

「也差不多該認真思考自己的未來了……」

不過……不知道是因為雨下個不停，還是因為濕氣讓瀏海亂翹。

我就是提不起勁，只能一直滑手機——

*

幾天後——事情出現了變化。

「——呵！呵呵呵……」

在放學回家的時候——曆美發出這樣的笑聲。
因為想要喝點東西，我們跑到一間咖啡廳休息。
在場的人只有我、曆美、矢野與修司。
細野和小時今天跑去參加補習班的體驗課程，沒有跟我們一起行動。
當我們分別點好自己要喝的東西，開始喝著店員端上來的咖啡與茶時，曆美突然看著手機笑了出來。
「……怎麼了嗎？」
我把茶杯擺在桌上，問了這個問題。
「妳是不是看到什麼好笑的影片了？」
我也有過這樣的經驗。
曾經在搭電車的時候，不小心看到好笑的影片，只能自己努力憋笑，但還是忍不住
「唔……呵呵」笑出聲音。
不過……曆美的笑聲讓我有種不好的預感。
——曆美她今天有點不對勁。
一眼就能看出她從今天早上開始人就怪怪的。
我猜剛才那種笑聲也不是什麼「正常的行為」……

而我果然沒有猜錯。

「啊……抱歉，我不小心笑出聲音了嗎？」

曆美掩著嘴巴微微一笑，往我這邊看了過來。

「其實……是有一本次文化專門雜誌找我幫他們寫專欄文章。」

說著這句話的同時——曆美還稍微拿下臉上的墨鏡。

「『因為又有人來邀稿了』，我才會忍不住笑出來。」

——她看起來就像是個業界人士。

曆美今天不知為何把自己打扮得像是業界人士，態度也變得像是一名貴婦的感覺。

首先，她臉上戴著一副巨大的墨鏡。

店裡明明就很暗，她卻戴著墨鏡。

而且她還跟電影導演一樣披著針織外套，還特地擦上鮮紅色的口紅。

耳朵上也戴著一對大耳環。

今早上學的時候，她好像就一直都是這副德性了。

雖然她會在上課時拿下墨鏡，卻不知為何一直處於貴婦模式。

不過……大家都不知道該不該吐槽她，也不知道該不該一笑置之。就這樣不知所措地迎來放學時間……我們決定暫時觀望一下，才會邀請她進到咖啡廳。

「雜誌邀稿啊……」

矢野喝了一口咖啡，小聲這樣試探她。

「那、那還真是了不起……而且妳說『又有』人來邀稿，不就代表之前也有人來邀稿嗎？」

「嗯，是啊。」

暦美點了點頭，放下手機微微一笑，然後一臉無奈地深深嘆了口氣。

「其實這已經是第三間了。唉呀！真傷腦筋呢！我明明還只是個高中生！」

「竟然有三間啊……」「這可真不得了……」

「而且瀏覽次數最近又增加了不少呢。」

「真傷腦筋。」暦美皺起眉頭，繼續說下去：

「全部加起來差不多快要百萬了吧？啊哈哈，我明明才剛開始經營，就已經快要突破百萬大關了，想不到竟然會這麼快呢～」

「……妳不害怕了嗎？」

原本一直閉口不語的修司，小心翼翼地這麼問道。

「妳前陣子還一副不想被人繼續關注的樣子……現在沒問題了嗎？」

「嗯？是啊，現在已經沒問題了。」

說完，曆美輕輕揮了揮手。

「因為我已經明白了。」

「明白什麼？」

「這個嘛……」

曆美裝模作樣地抬頭想了一下。

她先停頓了一段時間，然後突然摘下墨鏡——

「……應該是自己的才華吧？」

「才……才華？」

我忍不住又覆誦了一次。

矢野跟修司也都愣住了。

不知道是不是有發現這件事，曆美再次戴上墨鏡。

「是啊，要怎麼說呢……我覺得自己好像有點才華……既然這樣，那我會爆紅也是沒辦法的事！照這樣發展，他們也不會放著我不管吧。這樣的話，只能接受這個事實了吧？」

然後——她再次露出笑容。

「我要接受自己的……這種才華。」

……嗯，我現在完全明白了。

這八成就是那麼回事吧。

曆美為何會變成這樣，答案已經很明顯了——

她得意忘形了！

曆美她——已經忘乎所以了！

沒錯，我只能想到這個答案！

不會吧？那個曆美……竟然會變成這樣？

我以前完全不認為她會變成現在這個樣子。

反倒覺得她太過謙虛，希望她再對自己更有信心一點。

可是……看樣子應該錯不了了。

雖然這個意想不到的成功，讓她在剛開始的時候陷入混亂，但她終於還是開始臭屁起來了！

「哎呀，好像有人打電話給我。」

桌上的手機發出震動。

看過螢幕之後，曆美說了一句：「抱歉，我接個電話。」拿起手機就起身離席。

然後，她小聲說著：「不知道是不是要談稿子的事情？喂——？」就這樣走到咖啡廳外面講電話了。

我們三人就這樣看著她離去。

「……喂！現在要怎麼辦啦！」

我探出身體，對著矢野和修司小聲這麼說。

「曆美完全得意忘形了！臭屁到一個很誇張的地步耶！」

「我還是不太敢相信……」

矢野伸手扶著額頭，似乎還沒完全接受這個事實。

「不過，現在應該也只能這樣認為了……」

「嗯……」

我跟矢野都不知所措，只有修司交叉雙臂陷入沉思。

然後，他斜眼看向在咖啡廳外面講電話的曆美。

「不過，我覺得她的反應好像太極端了。」

那表情就像是正在推理的偵探。

「她原本那麼害怕，現在卻突然變得那麼有自信，而且連外表都改變了許多。我還以為這種變化應該會很緩慢才對。」

「有道理……」

經他這麼一說，我也有這種感覺。

要是我也得到意料之外的成功，可能也會得意忘形吧。

我可能會變得跟曆美一樣，覺得自己很有才華。

可是，我應該不會突然變得這麼臭屁。那樣還是很離譜。

「……我知道了！」

矢野突然叫了出來。

「說不定是因為壓力的緣故！」

「壓力？」

「沒錯。」

聽到我這麼問，矢野點了點頭。

「曆美以前會變成雙重人格，就是因為壓力太大了。她當時承受了巨大的壓力，為了保護自己才會分裂出秋玻與春珂這兩個人格。」

沒錯，還記得我們曾經聽說過這件事。

「這次的事情不是也帶給她很大的壓力嗎？當然，這次的情況應該沒有變成雙重人格的時候那麼嚴重，但她發表在memo上的文章意外爆紅，還是讓她發自內心感到害怕……」

沒錯，那種不管她怎麼做，閱覽次數都會不斷增加的情況，應該是真的讓她很害怕。

而且，那些網友還試著要找出她的真實身分。

「所以……」

矢野轉頭看向我們。

「我猜這次可能也是類似的情況。她會變得『得意忘形』，可能就是為了讓自己能夠承受那股壓力……」

「呃，你是說……」

我再次壓低聲音。

「她分裂出的不是秋玻，也不是春珂，而是另一個新的人格了嗎？」

「不，我覺得應該沒那麼嚴重。」

矢野再次偷偷看向曆美。

「畢竟她沒有像當時那樣，出現記憶斷層與人格對調的情況。」

「對喔。你說得有道理。」

「不過，現在這種情況確實也很類似。畢竟她的個性改變太大，簡直像是完全變了個人。」

「原來如此……」

這樣我就可以理解了。

原來曆美是因為壓力太大才會變成那樣……

「……看樣子……」

稍微想了一下後——我輕輕嘆了口氣。

「我們也只能暫時配合她了……」

我看向正在講電話的曆美。

「如果曆美是因為壓力變成那樣，我們以後就儘量配合自以為是的她吧……」

老實說，我實在不曉得該做出什麼反應。

現在也不知道該怎麼應對……但我以後就儘量配合她吧。

要是不理她，總覺得她有點可憐，畢竟這又不是她本人的錯……

「是啊……」

修司也點了點頭，露出苦笑。

「畢竟這也怪不得她，也是沒辦法的事。只有這次喔……」

「抱歉，謝謝你們的諒解。」

說完，矢野對著我們雙手合十。

「我猜應該過陣子就好了。如果你們願意暫時配合，那就再好不過了。」

「嗯，交給我吧。」

「這點小事不算什麼啦。」

「——不好意思。我回來了。」

正當我們忙著討論時，曆美回來了。

「怎麼了？你們剛才在聊什麼？」

她興致盎然地這麼問道。

聽到她這麼問，我僵硬地轉過頭去，努力假裝若無其事的樣子。

「其實……我們剛才是在討論自己喜歡妳的哪一篇文章。」

「就、就是這樣！」

矢野趕緊附和，但態度有些不太自然。

「大家的看法都不一樣，結果就越聊越激動了……」

「原來是這樣啊。」

曆美看似冷靜但表情有些開心地這麼說。

「聽到妳這麼說，我真的很開心。不過……」

然後她露出有些傲慢的笑容。

「我覺得自己的最棒傑作……肯定是即將發表的下一篇文章。」

「下一篇文章？是妳正在寫的文章嗎？」

「是啊。」

聽到修司這麼問，曆美點了點頭。

「那是一部熱門電影的影評，也是我嘔心瀝血完成的巨作。那會是我過去至今最棒的文章，所以我現在就很期待，想知道這篇文章問世之後會變得怎樣，又會得到多麼巨大的迴響……」

曆美神情陶醉地這麼說。

唉……看來她對自己的下一篇文章很有自信呢。

既然現在的曆美都這麼說了，那篇文章應該真的很厲害吧。

她或許會在網路上變得更紅……

這樣她應該也會變得更臭屁……但至少比讓壓力繼續累積來得好。到時候還是乖乖配合她吧……

「……對了！」

曆美突然露出靈機一動的表情——

「要不要我趁現在幫你們簽名？」

她還說出這樣的建議。

「等到下一篇文章發表出去，我就會變得更忙，說不定連學校都沒時間去了！這也可能是最後一次，我們一起悠閒地喝下午茶了！」

「啊……好……」

我有些不爽地答應了。

「那就麻煩妳了……」

「謝了……」

「我……我也要……」

我們三人說著這些話，分別拿出了紙筆。

然後，就在這間咖啡廳裡，新人寫手minase老師的臨時簽名會正式開始了——

＊

後來，我們只好繼續吹捧臭屁的曆美。

我們稱讚她的墨鏡與文章，還拿出筆記本給她簽名。

她本人也簽得很開心。

「啊～～那篇文章就快要寫完了呢。」

「還是我明天就發表呢～～」

「呵呵，真期待大家的反應呢……」

她不斷說著這種話，一直擺出臭屁的樣子。

而我……也快要真的受不了了。

曆美以後……不會都是這樣子吧！我開始對此感到不安。

「……午安啊，各位……」

到了隔天的午休時間。

為了跟大家一起吃便當，矢野帶著曆美出現了——

「最近還是一直在下雨呢……」

——她變得垂頭喪氣，完全看不到昨天那種趾高氣昂的樣子。

「……到底怎麼了？」

我忍不住大聲這麼問。

「妳昨天不是還很有精神嗎……！」

不光是我，修司、細野與小時也都被曆美沮喪的樣子嚇到了。

她昨天明明還一副得意洋洋的樣子，怎麼會突然變成這樣？

她今天也沒戴墨鏡與耳環，到底發生什麼事了……？

「其實……」

曆美無力地低著頭。矢野像是要保護她一樣，面帶苦笑開始說明：

「她在昨天發表了那篇文章……但結果讓人有些意外。」

「意外……？」

聽到他這麼說，我拿起手機，上網查看曆美的memo。

雖然我經常聽她聊起那篇文章，也有收到文章上傳的通知，但提不起勁去看……

然後——我終於看到那篇文章了。

我先快速掃視過一遍。

「……太長了吧！」

我這樣叫了出來。

「這是什麼啊……不管怎麼往下滾動都看不到盡頭耶！」

這篇文章太長了。而且還不是普通地長。

雖然她之前的文章也很長，但也沒有長到這種地步。

不管我怎麼在螢幕上滑動手指，都一直有文字從底下跑出來！

然後……

「啊……終於結束了。」

手指不知道滑了多少次之後，總算讓我翻到文章的最後了。

「好猛……這篇文章到底有多少字啊……」

既然寫了這麼多字，也難怪曆美會把這篇文章當成自己的傑作……

不過，矢野說結果讓人有些意外是什麼意思？為什麼曆美會變得這麼沮喪……

「……我看到留言了。」

同樣看著手機的細野開口了。

「原來是這樣啊……」

留言怎麼了嗎？我看向文章最底下的留言區。

這篇文章這次似乎也得到了許多留言。

只是……

「……咦？」

情況好像跟平常不太一樣。

我沒有看到任何負面的留言。

沒人在留言區吵架，也沒有引發爭議。

可是──

【這篇評論的看法跟我不一樣呢……】

【總覺得這篇評論不太像是minase的風格。】

【不知為何，這篇文章沒辦法讓我讀到最後。是為什麼呢……】

──大家都顯得很困惑。

那些原本都是minase粉絲的網友留下的留言看起來都很疑惑。

喔……？我以前沒看過網友有這樣的反應……

這到底是怎麼回事？這些粉絲好像顯得有些困惑……？

不僅如此──

【不過，minase畢竟只是個剛開始寫評論的新手……】

【她也是會寫出這種文章的。】
【大家是不是都把標準設得太高了？這樣她好像有點可憐。】
【多給她一點包容也很重要呢。】

——她還被網友安慰了。
這群讀者很明顯是在安慰她。
「……原來如此，我完全懂了……」
看到這些留言——我全都明白了。
……看來這篇文章讓他們覺得有些微妙！
所以……那些粉絲才會不知道該做何反應！
不會吧！曆美竟然在這種時候寫出那樣的文章！
她原本還那麼有信心的！結果卻在這篇文章搞砸了！
「看到那些留言，她好像……突然清醒過來了。」
矢野把手擺在曆美背上，溫柔地這麼說道。
「她會突然爆紅，只是因為網路世界本身的潮流。她發現自己其實沒那麼厲害。」
「……前陣子真的很抱歉。」

曆美深深地低下頭，向我們這麼道歉。

「雖說我當時腦袋不是很清楚，但我還是太過得意忘形了……嗚嗚嗚……」

……原來如此，那些評價確實會讓人切身體會到這一點。

如果那些網友大肆批評，她可能會覺得別人「只是嫉妒」。

如果網友直接反駁文章內容，她或許還能跟對方爭論。

可是……那些讀者只是說出他們內心的困惑。這樣就懂了。這讓她徹底明白，自己這次的文章完全不行……

然後——曆美變得滿臉通紅。

她露出快要哭出來的表情，整個人趴在桌上——

「——嗚嗚嗚嗚嗚～～！我現在覺得超級丟臉——！」

她開始放聲大哭。

「我只是得到一點點肯定，整個人就變得那麼的……不可一世……」

然後，曆美用雙手抱住自己的頭。

「我想忘記！我好想忘記這陣子發生的一切！」

她悲痛得叫了出來，讓聲音在梅雨季的教室裡迴盪。

＊

那天以後，曆美的寫手特訓就告一段落了。

她開始慢慢累積自己的實力與粉絲。

然後——

「這樣就算是解決一件事了呢〜〜」

——晚上，我獨自待在自己的房間。

確認曆美的個人頁面恢復平靜之後，我放下手機。

這陣子每天晚上都會仔細觀察。

因為我很擔心她的狀況，也覺得這樣很有趣。

不過，這件事到此為止。差不多該做正事了……

「……嗯，看來是時候了。」

梅雨季也快要結束了。

雖然這種潮濕的天氣還要持續一段時間，雨停了，夏天就要到了。

我一邊這麼想著，一邊從書架上拿出參考書與筆記本。

然後，我握緊手中的筆，大大地吸了口氣。

「考試……我會認真準備的！」

我終於開始認真為了考試讀書——

第三話
Chapter.3

〔霧香在游泳池畔凝視〕

Bizarre Love Triangle

三角的距離無限趨近零

──耀眼的太陽！

──柏油路上的熱氣！

──還有蟬鳴聲與淋漓的汗水！

季節──正是炙熱的盛夏時節！

現在是酷暑。

我們一行人穿著清涼的服裝踏出車站，走向今天的目的地。

「真令人期待。」

「我好像還沒去過校外的游泳池。」

「我還特地為了今天去買新泳衣……」

我們聊天的聲音也自然比平時還要興奮。

……所以……大家好！

小妹名叫庄司霧香！現在是御殿山高中的二年級學生！

我今天找了一群好朋友，準備跟他們一起去玩！

我們一共有七個人，分別是矢野學長、曆美學姊、伊津佳學姊、修司學長、細野學長、時子學姊還有我。

我們要去的地方……是東京都內知名遊樂園的室外游泳池！

我今天要游個過癮～～☆

順帶一提，我已經很久不曾跟這群宮前高中的學長姊們見面了。上次見面好像是在曆美學姊的歡迎會吧？天啊！那都已經是四個月前的事情了！

不過……畢竟只有我是御殿山高中的學生，本來就沒這麼容易見到他們呢～

因為這個緣故，我真的很期待今天這場聚會！

「對了，你們考試都準備得怎麼樣了呢～～？」

我突然想到這件事，於是便開口詢問大家。

「我明年也要變成考生，準備考試是不是很辛苦啊～～？」

今天找大家出來玩的人是我。

因為大家在Line裡聊到考試的事情，我就找藉口說要帶他們出來放鬆一下！但其實是計劃找大家來游泳池玩。畢竟我也想聽他們聊這方面的事情，還有一些其他的目的，才會久違地想要跟大家見面～

「真的很辛苦喔～～」

伊津佳學姊無力地垂著肩膀這麼說。

「我上次模擬考的成績很糟糕，暑期輔導的作業也多到不行。這種生活還得持續到明年才能結束，簡直就跟地獄沒兩樣……」

「聽起來真的很辛苦呢。畢竟那可是人生中的關鍵時刻呢～～」

順帶一提，矢野學長與曆美學姊都是以東京都內的私立大學為目標。

時子學姊要報考外地的國立大學，修司學長要報考東京都內的國立大學。

伊津佳學姊的目標是女子大學，細野學長好像還沒決定。

大家果然都要各奔東西了～～雖然矢野學長與曆美學姊要報考同一所大學，但時子學姊跟細野學長應該是要變成遠距離情侶了。

不過，這畢竟是關係到自己未來的重要選擇，這種情況也是會發生的～～

「其實我覺得還算開心啦……」

聽完伊津佳學姊這麼說，曆美學姊露出苦笑。

「我以前的讀書時間一直是別人的兩倍……每天都覺得只有一半的時間能用。現在終於可以好好讀書，就覺得挺有趣的。」

「啊～～原來是這樣啊～～！」

我點頭表示理解。

「畢竟妳以前還是秋玻學姊與春珂學姊的時候，必須在人格不斷對調的情況下讀書！現在這樣確實輕鬆多了呢！」

在雙重人格結束之後——曆美學姊就出現了。

在人格即將統合的那段時期，大家都不知道是秋玻學姊還是春珂學姊會消失。可是，她們兩個最後都沒有消失，而是變成同時保有雙方性格的「曆美學姊」。秋玻學姊與春珂學姊至今依然活在她心中。

……嗯，我完全可以接受現在這種狀況！

從以前就一直覺得矢野學長跟她們兩個的關係很奇怪。

畢竟不管他最後選擇哪一個都很奇怪，看到他為了「自己到底喜歡誰」這個問題煩惱，我也覺得不太對勁。

可是……當我第一次見到曆美學姊的時候，我心中突然有種「就是這樣！」的感覺。

沒錯，就是她了。這就是她原本的樣子。這就是矢野學長愛上的女孩。人格分裂成秋玻學姊與春珂學姊，反倒有些不太自然。

也許是因為發生過這種事，讓我對她的印象很好。坦白說就是我喜歡她的意思。因為她很可愛。而我也喜歡美少女。

「我也覺得很憂鬱……因為我還沒決定要考哪間學校。」

「不過，我覺得你還是先開始念念書比較好……」

「是啊。細野，我知道你不是那種腦袋不好的人。」

「霧香，妳以後千萬不能變成他這樣喔～」

我們說著這樣的對話，讓大家都笑了出來。

我也跟著笑了——但心裡還是免不了這麼想。

跟這群人在一起真的很開心。希望今天一整天都能過得這麼開心。

因為今天——看著眾人的背影，我如此想著。

——因為我要跟他們道別了。

要把還沒完成的事全部做完，為這個已經開始的故事劃下句點——

——我是來跟這群人道別的。

＊

「——哇，這裡果然有很多人！」

「畢竟這裡可是熱門景點呀～～！」

然後，我們來到一座巨大的水上樂園。男生跟女生都分別換好泳裝了。

我們在游泳池畔會合——看著眼前的光景發出讚嘆。

這裡有漂漂河跟滑水道！

還有噴水走道與遊樂場！

這裡不但有溫泉區，還有給幼童遊玩的區域……這樣只用一天根本玩不完吧？如果想要玩遍這裡，至少也得住個一晚才行！

我們還看到許多年輕人與小家庭，在這個廣闊的水上樂園裡走來走去……

……這就是休閒！

在眼前拓展的這幅景象就是休閒！

「那……我們先去那邊看看吧！」

曆美學姊難得這麼興奮。

她指著漂漂河，激動地這麼建議。

「那好像是這裡最大的游泳池，感覺應該會很好玩！」

「嗯，我贊成。」

「好～～我們去游泳吧～～！」

大家一邊這麼附和，一邊跟著曆美學姊邁出腳步。

他們全都興奮到了極點，讓我很慶幸自己有找他們出來玩。

——只是……

事情——沒有那麼單純。

其實我心裡……想著另一件事。

我讓雙眼與大腦全速運作——仔細觀察某樣東西。

——那就是泳裝。

沒錯……就是這六個人穿泳裝的樣子！

我要盡全力將這一幕烙印在腦海中！

因為這種機會太難得了！我竟然能把朋友穿泳裝的樣子（而且不是學生泳衣）一次盡收眼底！

而且女生都很可愛！男生也……不算太差！

既然這樣，那我也只能好好享受了吧！

必須仔細觀察才行！

因此，我準備徹底研究眼前這三男三女各自的外貌！

沒有客套話！霧香的專業泳裝評鑑！

此外……接下來這段內容完全是我個人的興趣。

跟我今天準備向大家道別這件事完全無關。

原本就打算讓自己任憑慾望擺布，好好觀察他們穿泳裝的樣子。

因此，要怎麼說呢……要是有人偷偷躲在我的腦海裡，而且對他們穿泳裝的樣子不是很感興趣，也可以隨便聽過去就算了！

如果是對這種事感興趣的人，就請繼續跟著我看下去吧！

＊

首先，是曆美學姊！

她是個留著黑色短髮，五官端正的正統派美女！

她穿泳裝時最引人矚目的地方——肯定是清純臉龐與健康肉體之間的反差！

如果只看長相，她就是個知性派美少女。

有著輪廓分明的五官，以及含蓄內斂的眼神。那對薄唇看起來高貴優雅，高挺的鼻梁也讓人感覺到她堅強的意志。

然而——她的身體！還擁有白皙的肌膚！

她的肌膚細緻光滑，找不到一絲瑕疵……嗯！就像是剛做好的肥皂！
那種霧感肌膚就跟嬰兒一樣，讓人明白她平常就有好好保養，發自內心感到尊敬！
雖然她給人身材偏瘦的感覺，身體卻意外地有肉。
她有著柔軟的上臂與小腹，還有細長型的肚臍。
雖然雙腳修長，卻有著健康的肉感，讓人忍不住想要大口咬下去！
而——這具美妙身軀的主人，竟然還擁有一張文靜美少女的臉龐。
這簡直就是犯規吧！
就算我不是矢野學長，也忍不住要愛上她了！
而且她還穿著荷葉邊比基尼泳裝。那可是最近很流行的款式呢！
我猜曆美學姊的胸部肯定不小，但那些輕輕搖擺的荷葉邊，讓她穿泳裝的樣子不會顯得煽情。不但充分展現出比基尼泳裝的可愛，還能讓身材曲線不至於太過暴露……這是個正確的選擇！
我覺得那種泳裝可說是最棒的選擇，讓曆美學姊本身的魅力得以優雅地展現出來！
接著是——矢野學長！
……他是個瘦皮猴呢。

完全猜中了。他看起來就像是「小生只需要讀書便可溫飽……」那種弱不禁風的男生。

他有著不輸給曆美學姊的白皙肌膚，手腕與雙腳都很纖細，身體也動不動就會露出底下的肋骨。

要怎麼說呢……就像是體弱多病的文豪？

不然就是得到絕症的小說家？

他身上那件普通的深藍色四角泳褲，看起來就像是文豪身上浴衣的顏色。

……不過，請大家不要誤會！

我不是要批評他！這種身材也有其獨特的魅力！

——那就是反差。

在這個盛夏的水上樂園裡……他那種與這裡格格不入的存在感，也能讓人感受到一種趣味。

大家可以想像一下。一位整天窩在房間裡的體弱多病小說家，來到夏天的陽光底下，讓耀眼的陽光照在他那消瘦臉龐上的樣子——

……是不是很棒？你們不覺得這樣很棒嗎？

我想讓他滿頭大汗地拿著扇子搧風。

而且擦汗的時候還要用手帕，而不是毛巾。
矢野學長！你讓我感受到這種有些深奧的魅力了喔！

再來是——伊津佳學姊。
——活力十足！
如果要描述她的魅力，只需要這句話就夠了！
夏天！萬里無雲！活力十足！萬歲！之類的！
她綁著可愛的雙馬尾，表情開朗活潑。
因為身材嬌小，手腳纖細，讓她給人有些男孩子氣的感覺！
順帶一提，她上半身穿著高領上衣搭配下半身的短褲，這種兩件式運動泳裝。
這套泳裝也很適合活潑的伊津佳學姊！
看到伊津佳學姊這身打扮，應該不會有人不喜歡吧？
個性的優點直接反映在外表上，可說是絕妙的穿搭！
讓我好想跟她一起游泳喔！

下一個！修司學長！

——嗯～～太帥了！女孩子肯定會愛死他的！

糟糕，我忍不住在心裡這樣吶喊出來了。

但是……他穿泳裝的樣子就是這麼迷人！這可不妙呢……

不過，他原本就是個美男子。跟看似纖細的矢野學長與不好相處的細野學長相較之下，他顯然是個更好相處的帥哥。要是跟他交往，他可能會做美味的料理給女友吃，還會溫柔地安慰難過的女友。

光是這個優點，就讓他的魅力值幾乎點滿了。

不過，其實他還有更厲害的——就是身材。

他竟然是個有在鍛鍊的精瘦型肌肉男！

上臂與小腿肚都有著明顯的肌肉，腹肌也幾乎是完美的八塊……這可是女孩子最喜歡的身材。這種不會太過誇張的肌肉可說是恰到好處！

修司學長，你真是太棒了！

雖然曆美學姊也給我這種感覺，但這種長相配這種身材實在太強了！

順帶一提，他穿著運動品牌的三角泳褲。雖然泳褲本身可能不是很貴，但因為是穿在修司學長身上，讓那件泳褲看起來就像是高級品牌的東西！分數高到不行！

接著是……時子學姊！

……好想保護她。

我好想保護眼前這位時子學姊……

她穿泳裝的樣子……讓我忍不住握緊了拳頭！

時子學姊有著溫柔的臉龐，給人一種軟弱的感覺。

她就像是圖書館裡的文學少女。身材也比較纖細，而且似乎對自己穿泳裝的樣子感到害羞，臉頰微微泛紅。

光是看到這樣，就讓人有種想要保護她的衝動——

不過——那可是荷葉邊比基尼啊！

時子學姊竟然穿著——輕飄飄的水藍色泳裝！

具體來說，那是一套無論上下都有著荷葉邊，可以優雅地遮住身體曲線，避免讓人太過暴露的泳裝。

這套泳裝跟她那種嬌弱的氛圍可說是絕配！

她那白皙的肌膚與如夢似幻的氣質，跟柔軟的泳裝布料互相映襯。

就像是——沒錯，就像是翅膀。

那是時子學姊身上的翅膀……

……咦，妖精？難不成時子學姊是游泳池畔的妖精嗎？

怪不得我會想要保護她！因為她就是降臨到秋留野市的水之妖精！

最後是跟時子學姊交往的細野學長——

「……咦？」

我揉了揉眼睛，再次看向細野學長。

「……呃……」

……我看到肥肉了。

我緩緩看向細野學長，發現他身上……長著不少肥肉。

他有著柔軟的捲髮，還擺著一張臭臉。

那件看似質料堅硬的黑色泳褲，跟他那種冷酷的氛圍也很搭調。

不過……問題在於他的肚子、上臂與雙腿……

上面的肥肉意外地有點多……

……啊——嗯——算了，其實這也不是什麼大問題。

畢竟也沒必要每個人都那麼苗條，我也還算喜歡那種棉花糖男孩。其實比起那種太瘦的男生，我更喜歡有點肉的男生。

可是……我還是覺得怪怪的。

我記得細野學長應該是個瘦子才對。

我們一起去宇田路的時候，他的身材應該還算苗條……

可是，他才過幾個月就變成這樣了……

……他是不是過得太放縱了？

記得他好像還沒決定要報考哪間學校……那他這個暑假不就都在混了嗎？

這樣好像說不太過去吧？

他是不是在浪費自己的魅力～～？

──至少我是這麼想的。

「細野同學，你的肚子又變胖了……」

時子學姊說著這些話，伸手在他的肚子上戳了幾下。

「誰教你要吃那麼多冰棒～～讓我們一起減肥吧。」

「好、好啦……」

她露出充滿愛意的表情……

戳著肚子肥肉的時候，聲音聽起來也很開心……！

「呵呵……真可愛……」

看到這一幕——突然有種醍醐灌頂的感覺。

嗚……我真是太失敗了！自認擅長找出各種泳裝的優點……

身為一位夏季男女評鑑員，我對自己頗有信心……但看來我還太嫩了！

我沒辦法說這樣的細野學長可愛！我就是沒有那麼豐富的感性……！

……我認輸！是你們贏了！

時子學姊與細野學長之間的愛，贏得了這場泳裝對決的勝利！

那我就順便介紹自己的泳裝，為這場評鑑會劃下句點吧！

我今天穿著一套花朵圖案的比基尼泳裝，腰上還圍著一條沙灘巾，充滿了度假風！

我留著一頭金髮，長相也比較搶眼，很適合這種亮眼的顏色。

這身泳裝說不定還是女生之中最暴露的。

可是，我自認身材沒有曆美學姊那麼豐滿，所以看起來不會太過性感，反倒能適度營造出夏季的風情！

以上就是霧香的專業泳裝評鑑！

很好，既然做好準備了，我今天要在水上樂園玩個過癮！

然後——

我要為自己跟矢野學長等人的故事，劃下一個完美的句點——

*

「——最近怎麼樣了？」

我讓身體順著緩慢的水流漂動，向身旁的曆美學姊這麼問道。

「妳跟矢野學長之間還算順利嗎？」

我們在水上樂園玩了一個小時。

原本那種超級興奮的心情已經稍微恢復平靜，大家都跑到自己喜歡的游泳池，跟自己挑選的對象一起玩水。

我跟曆美學姊來到水流較為緩慢，人也沒那麼多的漂漂河。

一起來玩的成員之中，就只有曆美學姊跟我待在這裡。

男生們不知為何說：「要來場認真的游泳比賽，看誰游得快。」就相約跑去室內的比賽專用游泳池，而時子學姊與伊津佳學姊也跟去看熱鬧。就只有曆美學姊說：「怎麼辦？想待在漂漂河裡發呆呢。」所以我就跟過來了。

要是讓這麼可愛的女孩子獨自行動，肯定會有人跑來搭訕！我會當個騎士保護好她的！矢野學長，不能讓女朋友在游泳池獨自行動喔。這對情侶還真是讓人放心不下呢～

事情就是這樣。

我跟曆美學姊一起抓著游泳圈，任憑緩慢的水流推動身體。

「嗯——我覺得還算順利……」

曆美學姊這麼說，聲音聽起來有些緊張。

「雖然偶爾……會有一點小誤會，但我們的感情應該算好吧。」

「這樣啊……」

我發現她沒有看著我，而是盯著水面上的波紋這麼說。

水滴從濕潤的髮梢滑落，她果然還是一樣漂亮。

——她對我懷有戒心呢。

看著曆美學姊這樣子，我如此想著。

跟我獨處的時候，她果然還是會提高警覺。

她毫無疑問也信任著我。畢竟在雙重人格即將結束之前，我也有拿到她們兩人託付的「遺書」。

不過，對曆美學姊而言，我跟她的其他朋友還是有些不同。

我應該是會讓她有些緊張的人吧。

——畢竟……

我跟她的男朋友矢野學長的關係匪淺。

在我們都還是國中生的時候，矢野學長曾經為了人際關係上的煩惱，跑來找我這個在補習班認識的學妹商量。

「——我想要請教一下。」

「——到底該怎麼做，才能像妳那樣巧妙地處理人際關係？」

「——該怎麼跟身邊的人打好關係？……我想知道其中的祕訣。」

矢野學長當時說過的話語，以及那種拚命的表情，我至今依然能清楚想起。

我把一切都教給他了。

教他怎麼偽裝自己，塑造自己的角色，還教他該如何跟身邊的人相處。

在我的努力之下，矢野學長很快就學會扮演角色的技巧，在離開補習班之後，成功展開一段還算不錯的高中生活。

老實說……看著他努力的樣子，讓當時的我很重視這個同伴。

——在這段漫長的人生之中。

在那種現實無情的生活中——我覺得只有矢野學長是我真正的同伴。

我認為他是可以真心對待的人——

現在回想起來，當時那種心情或許已經變成了一種執著。

可是——他突然失去聯絡了。

進到高中之後沒多久，矢野學長就開始對我愛理不理。面對他的這種態度，我也無法做些什麼，只能莫名其妙地讓時間白白流逝。

到了隔年。

因為文化祭的籌備工作與他重逢——卻得知他不再扮演角色的事情。

我親眼看到他為了做「真正的自己」，努力與別人相處的樣子。

——我簡直氣瘋了。

我當時真的——差點被他氣死。

結果我下定決心要逼他再次偽裝自己，跟他起了不少衝突……我猜當時的曆美學姊，也就是秋玻學姊與春珂學姊，應該都很討厭我吧。

這也不能怪她，因為有個女孩子突然跑出來，不但對她的男朋友充滿敵意，還放話說要改變他。

不光是這樣……即便我們的關係稍微好轉，她也順利統合人格回到西荻，有些事情依然無法改變。

雖然我們現在都已經可以像這樣一起來游泳池玩……她也還是多少對我有所防備。

這也很正常。畢竟我曾經當著她的面，跟她男朋友起衝突。

不過……我總覺得原因不僅如此。

她會對我懷有戒心，似乎不只是「因為我曾經責備過矢野學長」。

曆美學姊——肯定早就發現了。

她明白我真正的心意。

正確來說……是我過去曾經對矢野學長抱持的情感。

「……畢竟你們終於順利交往了呢。」

我一邊這麼說，一邊對曆美學姊露出笑容。

「我覺得你們真的是天生一對。感覺很配。」

這不是場面話，我是真的這麼認為。

雖然矢野學長與曆美學姊過去一直為這段關係煩惱糾結，但他們現在已經很自然地完美契合在一起。不管是他們兩人的關係，還是各自的生存之道，都不再有問題了。

「……謝謝妳。」

曆美學姊的表情終於放鬆了。

「可以聽到妳這麼說……嗯，我覺得有點信心了。」

「那就好。對了……」

我繼續說了下去。

「其實我以前喜歡過矢野學長。」

曆美學姊瞬間愣住。

「不過那是國中時代的事情了。正確來說，直到那場文化祭結束之後，我應該都還喜歡著他。」

……沒錯，我現在願意承認了。

我當時確實喜歡矢野學長。

那種既暴力又自私的衝動——我想應該就是愛情吧。

「曆美學姊，妳早就發現了吧？」

我探頭看向她的臉，問了這個問題。

「所以妳現在還是有些緊張對不對？」

「……是啊。」

曆美學姊點了點頭，表情顯得有些僵硬。

「雖然我沒有證據……但我覺得肯定是那麼回事。」

我想也是～～她會發現也很正常。畢竟她是那個人的女朋友。

而且她八成是那種直覺敏銳的人。我不認為自己的想法瞞得過她。

「所以，我才想跟妳聊聊那件事。」

我一邊讓身體在水裡漂流，一邊看向耀眼的天空。

蔚藍的天空布滿白雲，把我的聲音帶往無限遙遠的地方。

我覺得這個由我開始的故事，就該在必要的時刻由我親手劃下句點。

因此——我現在就必須了結對矢野學長懷有的情感。

如果我不這麼做，曆美學姊肯定會一直耿耿於懷。

不管過了多久，這個沒有答案的疑問都會折磨著她。

我覺得自己有義務不讓這件事發生。

「……最近有個人讓我很在意。」

「很在意的的人？」

聽到我突然這麼說，曆美學姊跟著覆誦了一遍。

「意思是……妳喜歡他嗎？」

「我想應該就是那樣吧。他是我們學校的學生。」

「這樣啊……」

說完，曆美學姊看著我的眼睛，彷彿看穿了我的心。

那雙漆黑清澈宛如夜空的眼睛注視著我……讓我覺得自己不能說謊。

面對著這麼深邃的眼睛，我只能說出真心話。

「他是個什麼樣的人呢？」

「他很可愛，跟矢野學長完全不同。他長得很高，但個性軟弱……」

我一邊這麼說——一邊想著那個最近跟我變得親近的男孩。

因為某件意想不到的事情，我透過朋友認識了那個人。

他個性溫柔，不擅於表達內心的情感，但其實是個意志堅強的人。

有預感自己今後還會跟他相處很久。

彼此還會變得越來越親近。我就是有這種近乎預知的確信。

我對他懷有的情感，應該近似於愛情吧。

雖然這份感情還不是很明確，但早就深植在我心中。

「雖然他很平凡，但其實是個縫紉高手。他還幫我的書包繡了很漂亮的圖案。」

而——這也意味著結束。

我對矢野學長懷有的凶暴戀情結束了。
漫長的單相思終於結束，得以展開一段全新的戀情——
想把這件事好好地告訴曆美學姊。
……現在我說完了。
不知道她會做何反應。
我感到有點口乾舌燥，稍微垂下目光。
「聽起來不錯耶！」
——她的聲音意外地開朗。
我發現——曆美學姊露出燦爛的笑容注視著我。
「我有預感他應該會是很棒的對象。不對，可以讓妳心動的人絕對很棒啦！那個人！」
——她說得很激動。
不知為何……曆美學姊突然興奮了起來。
雖然有一瞬間感到驚訝……但我很快就想通了。
我聽說春珂學姊喜歡聊戀愛話題。
看來秋玻學姊與春珂學姊統合之後，春珂學姊現在依然還活在曆美學姊心中。

「是啊～～我想他應該真的很棒。」

「嗯……我會替妳加油的！」

曆美學姊握緊雙拳。

「希望你們兩人可以順利交往！我……我會支持你們！」

她的表情依然有些緊張。那道看不見的牆壁沒有完全消失。

可是……這樣應該就夠了吧。

我肯定再也不會扯他們後腿了。我再也不會阻礙到矢野學長與曆美學姊的戀情了。

「哈哈，謝謝學姊！」

說出這句話的同時——我確實感覺到了。

「希望我跟他可以順利在一起呢……」

今天該讓我劃下句點的故事，已經有一個結束了。

只剩下另一個了。

等到完成這件事，我就要跟這群人道別了——

頭上的天空無比蔚藍，一點都不像是即將迎來離別的顏色。

如果朝向天空伸出手，覺得自己就會猶豫，只好用手掌撥弄水面玩耍。

＊

「——謝謝妳找我們出來玩。」

想不到——竟然是他主動跑來找我說話。

「我們讀的學校與年級都不一樣，但妳還是願意找我們出來。剛好我們最近都在讀書也有點累了，真的很感謝妳。」

「是喔～」

我裝出不在意的樣子，整個人靠在旁邊的扶手上。

現在是中午過後了。

為了吃點東西，順便休息一下，我們來到餐飲區的吉拿棒專賣店前面。

其他人好像正圍著桌子聊天。這裡就只有我們兩人。

矢野學長跟我一樣吃著吉拿棒，露出溫柔的表情看著我。

「其實……我沒想到我們還能普通地繼續當朋友。」

他同樣把身體靠在扶手上，接著說了下去。

「畢竟我們在文化祭上重逢時，關係根本差到不行。」

矢野學長說得沒錯。

畢竟我當時真的很生氣，對他做出許多攻擊，把他逼得走投無路。我們這樣也讓秋玻學姊與春珂學姊看得膽戰心驚，對我感到氣憤。

我也沒想到我們還會有可以這樣閒聊的一天。

可是——我不想承認這件事。

也不想跟他像是熟人一樣聊天。

「我可是還在記恨喔～」

我故意露出不懷好意的微笑這麼說。

「你那時候都不理我，實在讓人無法原諒。」

我吃了一口吉拿棒，感覺吃起來好像變甜了。

——如果是以前的矢野學長，現在應該早就慌了吧。

他可能會認真向我道歉，情緒也會變得低落，內心受到打擊。

可是——

「……我想也是。抱歉。」

現在的他並沒有那樣。

「我有在反省了。我也不知道自己當時為何沒有直接找妳商量。」

他一臉歉疚地微微皺眉。

還用不會太過嚴肅的語氣對我這麼說。

「你不會是怕我生氣才不敢說吧？」

「嗯，我想應該是這樣吧。」

「不然就是……其實你喜歡我，不想被我討厭？」

「這個嘛……這也不是不可能。」

「等等，這你應該馬上否認吧～～？你都已經有重要的女朋友了。」

「妳說得對。那就當我沒說過吧。」

「聽你這樣否認還是讓人很不爽呢～～」

跟他這樣對話——讓我差點忍不住笑出來。

幾乎就要像以前那樣，跟矢野學長有說有笑了。

不過，還是別那麼做吧。這不是為了矢野學長，而是為了讓我自己不再留戀。

因為……對了，因為我今天有必須完成的事情。

我還必須親手幫另一個故事劃下句點——

「……我必須承認一件事。」

我稍微想了一下，然後說出這句話。

「什麼事？」

「我以前很懷疑你放棄扮演角色的這個決定是否正確。我不知道你懷著做真實的自己這種幻想，到底是在想些什麼……」

我又咬了一口吉拿棒。

我靠著酥脆的麵皮與甜味得到力量，暗自這麼想著。

總覺得——那是矢野學長向我發起的挑戰。

如果要在這個世界活下去，就得讓自己變強。

千萬不能追求真實的自我那種虛幻的東西，也不能肯定軟弱的自己。

為了讓自己變強，在人際關係中得到屬於自己的地位，就必須徹底偽裝自己。

這就是我的生存之道，也是我教給矢野學長的處世之道。

可是，他竟然在上了高中之後，捨棄掉我教給他的東西。

所以——我才想要親眼見識一下。

想看看他能否靠著自己的方式變強，結果看到他意外狼狽的樣子，讓我這麼想著。

「所以，我剛開始的時候覺得你是自討苦吃。」

我故意露出嘲諷的笑容，探頭看向矢野學長。

「看到你找不到自己的生存之道，變得迷惘軟弱的樣子，就覺得很好笑。心裡想著，看吧！誰教你不聽我的話！」

「……我想也是。」

矢野學長面帶苦笑點了點頭。

「畢竟我當時過得實在不算順利……」

「可是……我也不確定是從什麼時候開始……」

我垂下目光試著回想。

「好像是在你們籌備班級聚會的時候？不對……應該是我們在宇田路找到你的時候吧……」

因為秋玻學姊與春珂學姊即將統合，矢野學長帶著她們前往宇田路。

為了追上他們，我們也跑到宇田路——最後在清晨的路上找到他。

經過一番煩惱之後，他動身前往秋玻學姊與春珂學姊所在的地方。

即便內心懷著許多矛盾，不安和恐懼也沒有消失，他也依然帶著這一切去找她們兩人。

沒錯……就是在那個時候。

「我覺得接受自己內心的矛盾這種做法，確實……嗯，說服了我。」

那種想法跟我的生存之道完全相反。

不是讓自己配合道理做出改變，而是去接受自己。

結果就是——

「……矢野學長，你變得不一樣了呢。」

——看著身旁的他，我這麼說道。

「你以前應該會顯得更慌張，更不知所措……但現在變沉穩了呢。」

「是啊，這讓我現在不需要那麼辛苦了。」

「所以……那個～～」

說到這裡——我突然說不下去了。

以前從來不曾這樣。我從來不曾有話說不出口。

可是，我還是努力壓下這樣的情緒。

「……我不討厭現在的你。」

我這麼告訴他。

「但也不喜歡就是了。」

還不忘這麼補充說明。

矢野學長先是顯得有些驚訝，然後表情變了。

「謝謝妳。」

露出孩子那般發自內心感到高興的笑容。

「可以聽到妳這麼說，讓我有自信了。」

「少來，你早就有自信了吧？」

「我確實比以前更有自信了。」

「所以……」

說完──我離開讓身體靠著的扶手。

大家差不多該開始擔心我們了。還是快點回去其他人休息的地方吧。反正吉拿棒也快要吃完了。

「你可以感到自豪的。」

我一邊這麼說，一邊回頭看向他。

然後忍不住真心笑了出來──繼續這麼說道。

「因為我幾乎不曾真心稱讚別人。」

矢野學長驚訝得睜大眼睛，整個人都愣住了。

然後，他開心地笑著這麼告訴我。

「——我會銘記在心的。」

——我的觀念不是唯一的正確答案。

看著矢野學長的笑容，再次體認到這件事。

他讓我看到不同於我的生存之道。

承認吧！是他贏了。

矢野學長今後也會在跟我不同的人生道路上前進。

我們之間的距離只會越來越遠。

可是……不知為何覺得有些幸福，有種放下重擔的感覺。

所以，我想在最後告訴他這些話。

在離別之前，想向他道謝，跟他說「很開心你讓我看到全新的生存之道」。

我想要好好地把這些話，告訴自己曾經喜歡過的他。

「……矢野學長，謝謝你。」

「……嗯？妳說什麼？」

「不，我什麼都沒說。」

——就這樣，我該親手劃下句點的兩個故事都結束了。

覺得自己完成任務了。

所以接下來——

我大大地吸了口氣——重新看向前方。

在人群之中看見圍坐在桌旁的大家。

接下來只剩下跟他們道別了——

*

「——啊……真是累死人了～～」

到了傍晚，我們搭上開往三鷹市的總武線電車。

伊津佳學姊癱坐在座椅上。

「想不到整天都在游泳會這麼耗費體力。算了，至少我玩得很開心，也能順便減肥……」

「須藤，妳應該不需要減肥吧？」

細野學長站在她面前，抓著拉環露出苦笑。

「話說，妳是不是變得比以前還要瘦了？我覺得高中生就算稍微有點肉也沒差。」

「細野，我倒是覺得你有點太懶散了。」

矢野學長抬起頭來。

他就坐在伊津佳學姊和曆美學姊之間，對細野學長這麼吐槽。

「你今天也幾乎沒有游泳。」

「話說，你肚子上的肥肉是不是太多了？」

「你國中的時候明明還很瘦。」

矢野學長才剛說完，伊津佳學姊與修司學長也跟著狠狠吐槽他。

曆美學姊笑了出來。時子學姊出言安慰細野學長，說男生就算有點肥肉也沒關係。

橙色的陽光從窗戶照射進車廂。

他們沐浴在陽光底下，染上溫暖的色彩。

我——把這幅光景深深烙印在眼裡。

十七歲這年的夏天，今後再也不會到來。

而且——我也不會再次見到這群年長的朋友。

——覺得自己是個外人。

輕輕嘆了口氣，回想過去發生的一切。

因為去年發生的種種，讓我認識了他們。

我們一起籌備文化祭與班級聚會，最後甚至還一起跑去宇田路……在旁人眼中或許以為我們是很好的朋友。

可是，其實我心裡很明白。

在他們的心目中——我始終是個外人。

我們不是讀同一所學校，就連年紀都不同。而且說起來……個性也不是很合得來。

我們純粹是因為機緣湊巧變成朋友，如果我們是就讀同一所學校的同班同學，我跟他們應該不會變成朋友吧。

他們願意接納我這個外人——就只是出於體貼。

因為他們都很用心，努力不讓我覺得自己是個外人。

這種關係不可能永遠維持下去。

我們總有一天會慢慢變得疏遠，很自然地不再聯絡。

我能看到這樣的未來。

而這個過程——說實話會讓我覺得有點難堪。

他們應該也會有些許罪惡感吧。

說不定，還會害得這個小團體提早解散。

我不想看到那種結果。

所以……我想讓這段回憶保持美好。

我要趁著大家還能自然相處的時候——狠下心來跟他們保持距離。

我再也不會跟他們見面。我早就這麼決定了。

所以——

「——唉……明天又要開始用功念書了。」

「——細野你到底有什麼打算？」

「——話說，你們都是怎麼決定志向的啊？」

——我會記住的。

我會記住跟這群人做朋友的短暫時光。

我讀國中的時候，在補習班認識了一個男生。他把我帶到這個地方，讓我認識了這群人。我至少要清楚記住這段回憶才行。

「——啊，我們到西荻了！」

當我想著這些事情時，電車抵達西荻窪車站了。

除了要在吉祥寺下車的我，大家都會在這一站下車。

「我、我們該下車了……」

「須藤，妳忘記拿手機了啦！」

「啊啊啊——抱歉！」

大家慌張地站起來。車門打開之後，他們立刻走向車門。

我默默注視著他們的背影。

「——霧香！」

——他開口叫了我。

矢野學長回過頭來。

大家也跟著看向我。

然後——電車出發的鈴聲響起，車門也開始關閉。

「謝謝妳找我們出來玩！」

矢野學長大聲這麼說。

「我今天真的玩得很開心！」

「……不客氣！」

稍微猶豫了一下後，我也大聲這麼說。

「我也玩得很開心！」

我想要正式與他們道別。

所以——

「謝謝你們了！」

說完——我深深地低頭鞠躬。

這樣我們的關係就算是結束了。一個故事就此閉幕。

——至少我是這麼想的。

「下次——我們一起去看煙火吧！」

矢野學長再次大聲喊道。

「下下星期還有煙火大會！如果妳有空就一起去吧！」

「對、對了……還有感情諮詢！」

車門完全關上，我們之間多了一道隔閡。
可是，曆美學姊繼續大聲這麼說，讓聲音穿過這道隔閡。
「如果妳跟那個人之間有感情問題，隨時都能找我商量！不需要跟我客氣喔！」
——我笑了。
她那種難掩興奮的表情，讓我忍不住笑了出來。
「妳不要說得那麼大聲啦！那可是祕密耶！」
我也這麼喊道，曆美學姊趕緊摀住自己的嘴巴。
然後——
「抱歉……我晚點傳訊息給妳！」
——當她說完這句話的同時，列車也發動了。
他們的身影與西荻窪車站的月台，轉眼間就離我遠去。
然後——我口袋裡的手機發出震動。
水瀨：『剛才真的很抱歉……』
水瀨：『（貓咪深深低頭鞠躬的貼圖）』
水瀨：『不過，如果妳需要找人商量，真的不需要客氣喔！』

水瀨：『我會幫妳加油的！』

——原來是曆美學姊傳了這樣的訊息過來。

「……呵呵。」

列車很快就抵達下一個車站，進到吉祥寺車站的月台。

我發現——自己的想法完全改變了。

我覺得自己或許可以不用這麼快就跟他們道別。

k·i·r·i·k·a：『我明白了。』

k·i·r·i·k·a：『那我們下次就邊喝茶邊聊吧。』

我傳給曆美學姊這樣的訊息。

列車在吉祥寺站停了。

車門打開之後，我走出車廂。

然後——突然有股衝動，就這樣走到月台東邊的盡頭。

我看向軌道，看到位在不遠處的上一個車站。

矢野學長與曆美學姊居住的西荻窪車站。
我們之間雖然只相隔一站的距離，但生活圈卻完全沒有重疊。
不過只要這樣一看，其實我們之間的距離，也並非真的那麼遙遠。

第四話

Chapter.4

「曆美於活動中登場」

Bizarre Love Triangle

三角的距離無限趨近零

——這裡是深秋時節的新宿區歌舞伎町。

在鬧區的正中央有一棟大樓。

這裡的地下二樓今天將會舉辦一場活動，而我就在客滿的展演廳等待活動開始。

……我現在很緊張。

心臟跳得超級快。

提心吊膽地環視周圍。一直覺得口乾舌燥，很快就喝完自己點的飲料。

我緊張的理由有好幾個。

首先，雖然現在是白天，但我還是頭一次來到歌舞伎町。

雖然我聽說過這個地名，也知道這裡是什麼樣的地方，但都是透過那種充滿犯罪氣息的故事與遊戲。獨自來到這種地方，讓我徹底嚇破了膽。

沒問題吧？我今天有辦法平安回到家裡嗎……？

還有……就是這間店裡的氛圍。

據說這裡原本就是知名的次文化活動會場。

雖然我居住的西荻也是個充滿次文化氛圍的城鎮，但這裡給人的感覺又有些不同。

這裡擺著老舊的桌椅，展演廳裡也不是很乾淨。

空氣中瀰漫著一股菸味，還閃爍著霓虹燈管的鮮豔燈光。

而且——舞台上還畫著色彩鮮豔，但內容低俗的塗鴉，拿來作為表演者的背景。

——使用「地下文化」這個詞彙來形容應該更合適吧。

總覺得整間店裡瀰漫著有些邪惡的氛圍，而不是西荻那種柔和的次文化氛圍，心裡感到有些緊張。

再加上——

我會緊張成這樣，不只是因為周圍的環境，而是因為某個更顯而易見的理由——

「……啊，好像要開始了。」

展演廳的燈光突然熄滅，舞台也立刻亮了起來。

一位打扮時髦的成熟女性現身了。她就是這場活動的主辦人。

「——啊，各位觀眾大家好。啊哈哈。」

她熟練地拿起麥克風開始說話。

「這個月的『西園質量的文化論壇』即將開始。偷偷告訴你們，這次的活動很有趣喔。不但有熟悉的老面孔，我們還請來一位特別的貴賓。」

說到這裡，這位名叫西園質量的社會學家，在舞台上找了張椅子坐下。

「我一直想跟她好好聊聊，於是就努力壓抑著緊張的心情，寄出電子郵件邀請她……什麼？你們不想聽我廢話？想要快點見到那位貴賓？我想也是。那我們就請今天的貴賓進場吧——」

在她說出這句話的同時，有好幾個人接連來到舞台上。

一位金髮的年輕女子，還有一位戴著眼鏡，頭髮也燙過的中年男子。他們好像都是在這個領域很有名的文章寫手。

然後，他們後面還有一個人——

「沒錯，他們就是大家都很熟悉的落魄寫手……還有這次的特別來賓！」

——我看到「她」了。

「大家應該都很想知道她是什麼樣的人吧？她就是最近迅速竄紅的新人寫手ｍｉｎａｓｅ～～！」

有著一頭亮麗的黑髮，還有細緻端正的臉龐。

身材纖細，還穿著特地為今天去買的連身洋裝。

——她就是曆美。

曆美竟然以表演者的身分，在這次的活動登台了。

「……欸？大家是不是都嚇到了？」

西園小姐看著曆美，笑容滿面地這麼說。

「m·i·n·a·s·e……其實是一位美少女喔。天啊，她是不是很可愛？那些文章都是她寫的。我沒騙你們，她就是本人喔。」

聽到這句話——曆美動作僵硬地搖了搖頭。

——她看起來很緊張。

不光是坐在觀眾席的我，舞台上的曆美也緊張得要死。

她臉色蒼白，面無表情。

動作也僵硬到了極點……

「……對了，她好像有男朋友了——！請各位男性別抱持期待！她還沒成年，要是有人敢亂來，我真的會把他列入黑名單。這點還請各位注意一下。」

聽到西園小姐這麼說，展演廳裡發出笑聲。

「——什麼？原來她已經死會了嗎～～？」

「——那女生是不是就可以追求她了～～？」

「想也知道不行吧！我要把剛才亂說話的傢伙列入黑名單。」

展演廳裡再次發出笑聲。

現場的氣氛逐漸高漲，大家也慢慢聊了起來。

可是——曆美始終緊閉著嘴巴，額頭上也開始冒出冷汗。

……她沒問題吧？

她還是頭一次踏上這種次文化活動的舞台。

曆美有辦法順利完成這場活動嗎……？

我無法置身事外，也跟著她一起緊張，掌心冒出黏稠的冷汗。

不過——我這次無法讓這種心情顯露在臉上。

甚至……也無法在觀眾席為她加油打氣。

因為——

「嗚……」

想起那天的事情，我緊咬下唇。

我們——吵架好幾天了。

這是我們交往之後頭一次吵架……我今天本來是不會過來的。

沒錯，其實曆美不知道我今天有出現在觀眾席——

＊

——原因是常有的誤會。

「矢野同學……我有事想要問你。」

幾個星期之前，當我們放學回家的時候，曆美主動對我這麼說。

「我上次不是說要去參加活動嗎？就是之前幫我轉推文章的社會學家西園質量小姐，每個月都會舉辦的『文化論壇』活動。」

「嗯，我還記得。」

我聽她提起過這件事。

上次在memo爆紅之後，曆美依然持續在網路上發表文章。

她身為一位寫手，似乎得到了還不錯的評價。

在這段期間，西園質量小姐一直很關心曆美。

她基本上都會對曆美的評論給出正面的留言，如果有看法不同的地方，也都會確實說出來。在我看來，她很明顯是曆美的貴人。

而西園小姐在前幾天邀請曆美擔任活動的貴賓。

曆美為此跑來找我商量，而我當然是鼓勵她：「一定要去參加！」、「這是個好機會！」而曆美也決定參加活動。她還拜託我：「你要來看我喔。」、「要是我在舞台上遇到麻煩，要在觀眾席幫忙解圍喔。」

然後──

「如果你有時間，活動當天……在我上場之前，我們能不能見個面？」

曆美露出有些害羞的表情，用嬌滴滴的聲音這麼說。

「因為那裡幾乎沒有熟人，我到時候肯定會很緊張，所以……希望能在上場之前先跟你見面。」

「嗯──我懂了。」

「只要一下下就行了。可以嗎……？」

嗯……我明白她的意思了。

那場活動對曆美來說確實很重要。

不但是頭一次在觀眾面前亮相，還必須跟業界裡的前輩交流。

她會緊張也很正常。我能體會她想先跟熟人見面的心情。

可是，我想起自己那天還有事要做。

「嗯──抱歉，我先跟別人約好了。」

我搔了搔頭髮，一臉歉疚地這麼說。

「在那場活動開始之前，我要去幫朋友挑選參考書，所以可能有些困難……」

「這樣啊……」

曆美看起來明顯很失望。

「既然你跟別人有約，那也沒辦法了……你說的那位朋友，是細野同學嗎？」

「不，不是他。」

我當時沒想太多。

我沒有感到牴觸與罪惡感——直接這麼告訴她。

「是古暮同學有事要我幫忙。」

古暮千景——

我們曾經在二年級時同班。她是個很會打扮的女孩。

因為在修學旅行時被分到同一個小組，讓我們變成朋友，現在也偶爾會閒聊，討論將來出路的問題。

她拜託我推薦幾本參考書給她，我們才會約好在活動開始前一起去逛書店。

……真的就只是這樣。

我們都沒有任何其他想法。

然而——

「……」

曆美的表情——明顯蒙上一層陰影。

然後，她不開心地噘起嘴唇。

「是喔……該不會只有你們兩個人要去吧？」

「呃……是啊，我們是這麼打算……」

「原來你要跟其他女生單獨約會啊……」

「……啊——不是這樣的！」

曆美瞇起眼睛看著我。

我總算聽懂她的意思，趕緊為自己辯解。

「我們不是要去約會！曆美，妳應該也知道吧？我跟她就只是普通朋友……」

「嗯，我沒差啊……」

曆美垂下目光小聲碎唸。

「雖然被人晾在一旁讓我覺得很寂寞，但我也只能忍耐了……」

「說什麼晾在一旁……我跟她早就約好了，這也不能怪我吧——」

「好啦，你說得都對。是我錯怪你了～」

曆美不客氣地這麼說，轉過頭去不肯看我。

她還是頭一次這樣給我臉色看。

「……妳這是什麼態度？」

我的語氣也自然變得有些困惑。

「無法跟妳見面是我不好，但我跟朋友有約也很正常吧……？」

「是啊，所以你不用再說了。我自己會想辦法的。」

「那妳也不用這樣說話吧？還是妳要我現在就去跟古暮同學取消，請她改約其他日子？」

「不需要！祝你有個愉快的約會！」

「……現在是怎樣！」

她故意說得這麼難聽，讓我免不了覺得有些生氣。

「有必要那樣說話嗎！妳應該也明白我不是要去約會吧！」

「我不明白！不明白你為何寧願拒絕我也要去跟她約會！」

「我不是說過了嗎？那是因為我跟她先說好——」

「——夠了！」

曆美握緊拳頭叫了出來。

「你不用再說了！也不用來參加活動了！」

「妳說什麼？」

「你們就好好享受約會的時光吧！」

——我完全沒想到曆美會說出那麼幼稚的話。

被她說得這麼難聽——我也真的生氣了。

「……好啊！」

我沒想太多就這樣回她。

「我不去總行了吧！這可是妳說的！」

「好啊！再見！慢走不送！」

「那妳就不要給我後悔！」

——我們就這樣大聲爭吵。

最後來到平時分別的路口，沒有揮手道別就各自踏上歸途。

——我承認。我馬上就後悔了。

回到家之後……我心裡後悔到不行。

說真的……我後悔到直接趴倒在床上的程度。幾乎要喘不過氣來。

曆美或許只是想要稍微撒嬌一下。

對想要成為寫手的她來說，這可是千載難逢的好機會。

我身為她的男朋友，就算必須勉強自己，也應該在旁邊支持她……

可是……我竟然直接撒手不管。

不但如此，我甚至還放話說不會去參加活動……

「……天啊～～」

不行了……我真的搞砸了。

就算我忍不住發出呻吟，也無法改變已經發生的事情。

有想過要立刻道歉，卻不知道該拿什麼臉向她開口……

——事情就是這樣。

即便到了下個禮拜，我也找不到機會向曆美道歉。

今天是活動當天……跟古暮同學分開之後，我就偷偷來到活動會場探望曆美了。

＊

「——先來談談這次活動的內容吧！」

自我介紹與開場白都結束了。

西園小姐繼續對著完全進入狀況的觀眾這麼說。

「我之前就說過了。我還想要挑戰各種節目，而不是只有談話。畢竟現場來了許多有實力的寫手呢～～我想請他們玩些能發揮寫作實力的小遊戲。」
她一邊這麼說明，一邊操縱連接著投影機的電腦。
看來這場活動的重頭戲終於要開始了。
我坐在觀眾席看著活動進行——內心也開始感到焦慮。
——曆美看起來不太妙。
我發現——她變得臉色慘白。
她已經不只是緊張，簡直就快要靈魂出竅了……！
而且她剛才做自我介紹時真的很危險。
接過麥克風之後，她努力說出「我是minase……」這句話，但聲音實在太小了，觀眾席這邊根本聽不到，還讓旁邊的人溫柔地鼓勵她加大音量。
結果——她完全亂了手腳。
這次聲音反倒太大聲了。
「我是minase！」
變得跟搖滾樂團的成員自我介紹差不多。
後來大家開始談話的時候，曆美也一直很緊張。
她完全無法做出有趣的回應，勉強回答問題就已經竭盡全力了。

「——實際站在舞台上有什麼感想？觀眾是不是很多？」

「……我只知道自己站在舞台上。」

「——妳應該是頭一次面對觀眾吧？為什麼妳願意上台表演？」

「……因為我想上台。」

「——哈哈，那妳可以放輕鬆一些。畢竟來到這裡的觀眾都是自己人。就算妳失言了也沒關係喔！」

「……嗯，我會失言的。」

她的回答就是這麼微妙，讓我看得提心吊膽。

老實說，我早就滿身大汗了。

天曉得我是否能撐到活動結束……

幸好其他來賓與觀眾都是好人。

大家都很親切，溫柔地包容她的失言。

這是目前唯一值得慶幸的事……

「——事情就是這樣。而這就是我今天要推出的節目。」

原本一直忙著操縱電腦的西園小姐，終於伸手指向螢幕。

她要宣布節目的內容了。

我緊咬下唇，祈禱那是現在的曆美有辦法配合表演的節目——

「『寫手實力對決！用自己的話語做出評論吧！』」

西園小姐大聲唸出螢幕上顯示的節目名稱。

「沒錯，我要讓在場的這四個人，用兩個題目展開評論對決！畢竟大家都是靠著寫這種文章筆戰至今，那就讓我們在觀眾面前來場對決吧。至於最重要的第一道題目……就是這個！」

說完——西園小姐拿出某樣東西給大家看。

她直接用手指抓著那東西……

「昆蟲大餐！」

「……咿！」

我忍不住——這樣叫了出來。

那東西有著堅硬的黑色身體，還有六隻長在身上的節肢——

——那是一隻田鱉。

我曾經在生物課本上看過那種可怕的昆蟲。

「我要請大家品嘗這個。」

西園小姐對著麥克風，說出這種令人難以置信的話。

「不光是田鱉，還有很多不一樣的昆蟲。我要請大家好好品嘗，然後發表自己的評論。」

「……不會吧？」

——我不由得抱住了頭。

這個……實在太難了。

要人吃下昆蟲……原本就很有難度了。

光是想像了一下，就覺得嘴巴裡面苦苦的……

連現在的我都是這種反應，實在不認為曆美還有能完成這件事的意志力。

她可能會拒絕吃下昆蟲，也可能會哭出來……甚至是當場嘔吐……

「接下來，第二道題目則是這個——」

沒人知道我內心的擔憂。

西園小姐繼續操縱電腦。

「……嗯？」

螢幕上——顯示著一張放大後的圖畫。

不知道該說是樸質無華……還是自由奔放……

這幅畫實在算不上很好，就跟小孩子的塗鴉差不多……

我不由得納悶地歪著頭……

「呵呵呵，這是國內某位大師級寫手的畫作，看起來是不是有種獨特的味道？」

西園小姐露出放肆的笑容。

原來如此……這幅畫確實很有味道……吧……獨特的味道……

「這就是我要各位評論的對象……其實寫手每次做出評論的時候，都不該有所顧忌。就算對方是強者也不能畏懼，必須把事實寫成文章。」

原來寫手還需要有這樣的堅持啊……

雖然應該也有那種有所保留的評論，但今天在場的寫手並不會那麼做。他們應該都是一些只會誠實評論世上各種作品與文化的人。

「不過——我們這次要做的事正好相反！」

西園小姐繼續說了下去。

「我要讓各位對那位大師的畫作做出有所保留的評論！這可是個難題！要是不小心說錯話，就會被大人物討厭！因此，我要你們賭上自己的寫手生命，盡全力做出放水的評論！這就是第二道題目！」

……我明白她的意思了。

想通這點之後——我不由得抱住了頭。

竟然要對大師級人物的畫作做出評論……

這可不妙……這道題目應該比剛才的昆蟲大餐還要困難吧？

曆美現在那麼緊張，我實在不認為她能做出有所保留的評論……

她很可能不小心說出真心話，讓整個會場陷入冷場……

當然，我不認為那位畫圖的大師會真的生氣。不過，要是她讓活動偏離主旨，應該會搞砸現場的氣氛吧……

「事情就是這樣。我要讓今天的來賓用這兩道題目展開評論對決！」

西園小姐大聲這麼宣布。

「我們的固定來賓這次會做出什麼樣的評論？超新星minase又會怎麼挑戰他們呢？請大家敬請期待！」

……我偷偷看向曆美。

她就坐在舞台上，跟剛才一樣面無表情。

我實在不認為她現在還有餘力做出評論……

……真不知道會發生什麼事。

這場評論對決到底會如何收場……？

＊

「——那我們立刻來挑戰第一道題目吧！」

西園小姐這麼宣布——會場裡也開始播放音樂。

經過短暫的等待之後，工作人員來到舞台上，把幾張盤子擺在桌上。

我伸長脖子看過去，看到工作人員手裡的盤子，裝著我預期之中的東西——

「——嘔嘔嘔……」

「——看起來好噁……」

「——真的要吃那種東西嗎……？」

會場裡傳來這樣的低語聲。

——盤子上裝著蟲子。

我猜那應該都是經過處理的食用昆蟲吧。

好幾種蟲子跟包裝袋一起被擺在盤子上。

除了剛才看到的田鱉，還有獨角仙、蜘蛛、麵包蟲與蚱蜢等等……

我甚至還看到了蠍子。

那些昆蟲乍看之下都不像是食物。

當然，在其他文化圈裡，那些蟲子可能只是普通食物，也可能是高級食材。不過，在日本文化中孕育長大的我，還是下意識地認為那些蟲子是不能吃的東西。

舞台上的寫手們似乎也有同樣的想法——

「真的假的……」

「我不行啦……」

他們不是仰天長嘆，就是伸手摀著自己的臉。

「哎呀，我馬上就聽到喪氣話了呢。」

西園小姐聽著他們吐苦水，同時繼續主持活動。

「首先，先請各位來賓從這之中選擇一種蟲子，然後按照順序吃下蟲子發表評論。至於先後順序……就用寫手的資歷長短來排吧！貓川先生排第一，珠城小姐排第二，最後才是minase！」

「不會吧！」

那位戴著眼鏡，頭髮也燙過的男性寫手叫了出來。

桌子擺著名牌，讓我知道他就是貓川先生。他好像是一位四十多歲的中堅寫手。

「妳竟然要我打頭陣！真的假的啦～～」

而他身旁那位露出苦笑，說著「我是第二棒嗎」的金髮女子，就是以文章精闢聞名的女性寫手珠城小姐。最後一棒則是曆美的樣子。

「我看看喔——那……我選擇蚱蜢！反正我以前就吃過佃煮蝗蟲了！」

「那……我選麵包蟲。我聽說吃起來跟堅果很像。」

原來如此，我能理解他們為何做出這種選擇。

雖然蚱蜢跟麵包蟲也很噁心，但還是比其他選項好多了。

畢竟這兩種東西都像是食用昆蟲，看起來也沒那麼噁心。

「喂喂！你們兩個竟然都打安全牌啊……」

西園小姐似乎無法接受，語帶無奈地這麼說。

「你們身為業界的前輩，難道都不會害臊嗎？這種時候就是要拿出魄力啊！那麼，minase，妳要選什麼？」

她用比剛才溫柔的表情看向曆美。

「妳還是第一次出場，不需要太勉強自己。雖然會跟珠城小姐重複，但妳要選擇麵包蟲也行。」

「那我就……」

也許是太過緊張了，曆美看著擺放昆蟲的盤子，平靜地開口了。

然後，她露出若無其事的表情，聲音也幾乎沒有起伏——

「……我要選田鱉。」

——她小聲這麼回答。

「咦？真的假的！」

西園小姐大聲叫了出來。

「妳真的要選田鱉嗎！」

「對。」

這個回答也讓觀眾們議論紛紛。

「我覺得這個可能有點難度，妳真的沒問題嗎？」

——西園小姐說得沒錯。

田鱉確實很有難度……

因為那種昆蟲看起來太不像「食物」了，而且還很大隻。

我甚至覺得那像是某種害蟲，讓人內心感到非常抗拒。

但是，曆美真的要吃那個嗎……？

「嗯，沒問題……」

曆美還是一臉茫然，輕輕點了點頭。

「不知為什麼，但因為我第一眼就看到那個了……」

「喔喔，不錯喔。就是要有這種志氣！ｍｉｎａｓｅ我欣賞妳！那ｍｉｎａｓｅ就決定是田鱉了！」

西園小姐開心地拍手。

然後，她轉頭看向貓川先生。

「既然這樣——我們就立刻輪流試吃吧！先從貓川先生開始！吃完之後還要做出評論喔。我要用評論的品質幫你打分數。」

「唉……我知道了。」

店裡的背景音樂變了。蚱蜢被放到了貓川先生面前。

他面對著蚱蜢，怯怯地抓起一隻——

「天啊……真的是蟲子……」

「廢話！快點吃下去！」

「啊——真是夠了……好啦！我吃就是了！」

他很有精神地這麼說——然後就把蚱蜢放進嘴裡。

觀眾席一陣騷動。

他板起臉孔咀嚼了一段時間——

「——吃起來……不太好吃。」

他有氣無力地這麼說。

「上面灑了點鹽巴……但吃起來沒有那種味道。要怎麼說呢？這味道有點複雜，該說是蟲子的味道嗎……？可是，吃起來又有點像是蝦子或小魚乾……總之就是海鮮的味道……？」

……喔？蝦子？小魚乾？

我好像聽說過某種蟲子吃起來像是蝦子。

原來蚱蜢真的是那種口感嗎……

「反正就是那種味道呢。啊～～還有就是蟲腳會卡在嘴巴裡面……尤其是牙縫……就是這樣，我說完了……」

「就這樣？貓川先生，你就只有這點感想嗎？嗯～～總覺得這個評論不夠有力呢……」

聽完他的評論，西園小姐似乎不太滿意。

「這樣會不會太草率了點？我想聽聽你平常那種充滿幽默感的描述！」

「別鬧了，我現在根本沒有餘力顧慮到那些！光是還能說出感想就值得稱讚了！」

「好啦，辛苦你了！以上就是貓川先生的評論！請大家掌聲鼓勵一下！接下來輪到珠城小姐了！」

「嗯，我開動了……」

在西園小姐的催促之下，珠城小姐怯怯地把麵包蟲放進嘴裡。

然後，她咀嚼了一段時間。

「……啊啊，其實不難吃呢。」

她露出鬆了口氣的表情這麼說。

「這個吃起來也有點鹹味……嗯！但滋味很濃郁，有種像是在吃堅果的感覺！只要再多加點調味料，或許很適合拿來當下酒菜……」

「喔～～原來如此！」

「……啊——可以喔！我開始覺得好吃了！雖然看起來很可怕，但只要大家都吃習慣了，應該可以在酒吧裡賣吧……看是要黑啤酒配麵包蟲，還是要雞尾酒配麵包蟲都可以……」

「嗯，聽起來不錯喔。這種組合會讓人想要嘗試看看。」

比起貓川先生的評論，她給這個評論的分數應該更高吧。

說完這句話之後，西園小姐露出笑容。

「我晚點也在後台休息室吃吃看吧。不過……果然呢～選擇麵包蟲感覺還是太沒有挑戰性了！這點還是比不過minase這位新人！我會針對這點扣分，嚴格地給出公正的分數！那……最後輪到minase了！」

西園小姐看向曆美。

「可以嗎？妳確定要吃田鱉嗎！就算妳現在要改吃別的，大姊姊也不會扣妳分數喔！」

「沒問題，不需要換成別的。」

曆美還是一樣平靜地這麼說。

她看起來——沒有一絲猶豫。

「我要開動了。」

她不以為意地拿起田鱉——

「……天啊！」

——然後從頭一口咬下去。

喂，她真的沒問題嗎！

雖然她真的直接吃下去了，但她受得了那種味道與外觀嗎！

從觀眾席響起目前為止最熱烈的議論聲。

舞台上的西園小姐也真的驚訝得睜大眼睛。

曆美咀嚼著田鱉，發出清脆的聲響。

細長的蟲腳還從她嘴邊跑出來……

……這畫面真驚人。

曆美竟然在吃蟲子，這畫面太震撼了……

她無視於觀眾的動搖，把田鱉吞進肚子並張開嘴——

「啊啊……吃起來有種獨特的香味呢。」

然後開口說出這句話。

「這種香味帶有清涼感，有點像是蘋果或梨子……」

曆美露出沉思的表情，斷斷續續地說著。

「我聽說還有田鱉汽水這種東西，原來如此，我想應該就是為了品嘗這種香味吧。口感果然偏硬呢，這點或許會讓很多人無法接受……」

……咦？我有聽錯嗎……？

曆美的評論好像沒什麼問題，讓我白擔心一場……？

「身體的部分果然用鹽巴醃過，吃起來有點鹹……嗯，但還是無法蓋過剛才那種香味。整體來說，吃起來就像是一道獨特的民俗料理……」

「……喔喔喔！」

聽到這樣的評論，西園小姐露出燦爛的笑容。

「minase，妳太棒了！選擇吃田鱉的勇氣就不用說了，連評論都無可挑剔！完全贏過前面的兩位寫手！」

——她說得完全正確。

曆美冷靜地做出能讓人想像得到味道的評論。

而且還說得讓人有點想要吃吃看……

……她到底是怎麼辦到的！

曆美怎麼有辦法在這種情況下做出那種評論……？

我看向舞台上的她。

「……難道說！」

看到她的模樣——我完全理解了。

——她現在兩眼無神。

因為長時間處於極度緊張的狀態——讓曆美的雙眼變得黯淡無光。

她一副心不在焉的樣子，完全進入了「無」的領域。

她變得跟機器人一樣面無表情……

原來如此……

她——封閉了自己的心。

因為面對著極大的壓力，讓她出於本能保護自己，早就把感覺麻痺了！

就是因為這樣……她才能面對田鱉也不為所動，毫無畏懼地把田鱉放進嘴裡……！

她還能做出評論，恐怕只是本能反應吧。

曆美只是在這種情況下，誠實說出自己的感想——

真相就是，她的精神狀態偶然造就出這種大膽的行為與評論。

……大概吧。

「看來大家的想法都一樣呢！」

西園小姐轉頭看向觀眾席這麼說。

「這場寫手對決的第一戰，由minase贏得勝利！minase，恭喜妳！」

會場響起熱烈的掌聲。

貓川先生與珠城小姐也說出「妳真的很強」、「我認輸了」這樣的話。

就只有曆美還搞不清楚狀況，依然擺著「無」的表情。

「好，那我們就進到下一場對決吧！」

西園小姐一聲號令，會場的工作人員開始為下一道題目做準備。

「兩位寫手前輩這次也要加油喔！展現你們身為前輩的實力吧！」

＊

在接下來的「筆下留情！大師級寫手畫作評論會」這道題目中，曆美也拿出了很棒的表現。

看來那位大師似乎是個不得了的「靈魂畫家」。

工作人員拿出來的畫作全都很有特色，看不出是在畫什麼東西……讓兩位寫手前輩也都陷入苦戰。

「——這幅畫的主題是一隻貓。真的畫得很棒呢！」

「不，其實這是一隻獅子。」

「……沒錯，就是獅子！因為同樣都是貓科動物，我才會這樣形容……」

「——我懂了，這幅畫裡顯然藏有對社會的諷刺呢。我們可以明顯看出勞工與資本家的對比。」

「不，聽說這幅畫的主題是現代的美少女二人組。」

「……我懂了，身為一位大師，就算只是想畫美少女，也會很自然地在其中隱藏某種意涵……」

兩位寫手艱難地做出評論，讓會場裡跟著發出笑聲。

雖然無法展現出他們身為寫手的實力，但在活動裡安插這樣的節目，應該是正確的選擇。

看到他們冷汗直流，說話吞吞吐吐的樣子，我也覺得很有趣。西園小姐也會故意找他們麻煩，臉上始終掛著開心的表情。

然後——終於輪到曆美了。

「——我要請m·inase負責評論的畫作……就是這個！」

說完，螢幕上顯示出下一幅畫作。

「好了，讓我們看看妳要怎麼評論這幅畫吧！」

簡單來說——那是一幅非常難評論的畫作。

我能看出畫面中央有一個人。

可是，那人身旁的小東西與神祕線條……到底有何意義，又是什麼樣的東西，我就完全看不出來了。

……怎麼辦？

曆美到底會怎麼評論這幅畫？正當我想著這個問題時——

「……minase！」

舞台上的西園小姐驚訝得叫了出來。

「妳怎麼突然哭了……！」

我仔細一看……發現她落淚了。

曆美看著那幅畫，臉頰流下了一行淚。

「我沒事……抱歉，眼淚不知為何自己流下來了。」

曆美用手指擦去淚水，說出這樣的感想。

「我不知道該怎麼說……其實我看不太懂。因為我對繪畫不是很懂……不過，我覺得緊繃的心情好像突然放鬆了。抱歉，我在舞台上失態了……」

——現場響起一陣喝采。

她那完美無缺的「放水」技巧，讓觀眾席為此大聲喝采。

我身邊的觀眾也紛紛開始稱讚她。

「想不到她竟然還有那種本事！」

「好厲害的演技……」

「太強了～～她好會說話……」

舞台上的西園小姐也不例外。

「ｍｉｎａｓｅ，妳真的很厲害呢……」

她露出佩服的表情。

「想不到妳竟然能做出這麼完美的放水評論，看來真的出現一個可怕的新人了呢……」

……等等，這難道不是一場誤會嗎？

曆美剛才流淚……應該不是故意演戲吧？

我猜……她應該是真的很緊張才會哭出來。

她只是心情緊繃到了極點，結果看到一幅有點好笑的畫，才會暫時鬆了口氣，不小心流下眼淚吧……？

……不，其實我也不太確定。

雖然不是很確定，但我猜應該就是那麼回事……

「——這樣大家應該都沒意見了吧！」

兩場評論對決就此結束，西園小姐站在舞台中央這麼宣布：

「這場對決由——minase取得壓倒性勝利！minase，恭喜妳！」

「……謝謝大家。」

曆美低頭道謝，但表情還是一樣僵硬。

我實在不知道該不該為此感到放心……

只能懷著複雜的心情，在觀眾席注視著她——

然後，活動繼續進行。

今天的最後一個節目，來賓與觀眾的問答時間開始了——

＊

「——我來自荻窪，名叫二斗千華！」

她是個活潑的女孩。這是我對她的第一印象。

「現在是國中二年級！」

活動來到尾聲，到了讓觀眾直接向寫手發問的環節。

而她是第一個舉手，被西園小姐點名的人。

——其實那個女孩在會場裡一直很顯眼。

在場的觀眾大多是二十多歲，但她看起來只有十五歲左右。

主持人與來賓在舞台上的談話，她也聽得比誰都要開心。

還有觀眾在談論著她，說這裡「有個超級可愛的女孩」。

這樣的她——二斗同學拿起麥克風。

「我……是minase小姐的頭號粉絲！」

她的聲音開心到不行。

「從妳剛創建memo帳號開始，我就一直在看妳的文章……凡是妳推薦的音樂與書籍，我全都聽過也看過了！我沒有吹牛，是真的全部都有！我以前沒有自己的想法，只會盲目追逐流行……但minase小姐拓展了我的眼界！」

……喔！原來如此！

曆美的memo文章成了讓這女孩踏進這個世界的契機！

我覺得身為寫手的她，聽到這種話應該會很開心。

讓更多人知道自己喜歡的東西，肯定也是曆美寫評論的目的之一。

而被她影響的人，竟然出現在她眼前了。

她現在應該覺得很有成就感吧。

這明明不是發生在我身上的事情，我卻不知為何有些感動……

然後——

「……謝謝妳。」

曆美原本緊張的表情終於稍微放鬆。

她開心地笑了出來，對二斗同學這麼說。

「聽到妳這麼說，我非常開心。雖然寫文章會遇到許多辛苦的事情，但看來我做這件事還是有價值的。」

現場瀰漫著歡樂的氛圍，觀眾們也開始鼓掌。

「這真是一段佳話。」

西園小姐也笑了。

「開場就為我們帶來這麼感人的故事，這樣後面的人要發問也會變得更困難呢。」

從觀眾席響起一陣笑聲。

聽著這陣笑聲……我暗自鬆了口氣。

自從活動開始之後，我一直覺得提心吊膽。

我怕曆美會在舞台上出錯，而我跟她還沒和好也幫不了她，害怕讓整場活動變得很尷尬……

可是……嗯，看來我白擔心了。

畢竟曆美太過緊張，卻碰巧遇到合適的節目內容，讓寫手對決得以順利落幕。

這個問答環節似乎也能繼續保持前面的和平氣氛。

看來……我可以放心享受了。

可以當個普通的觀眾，偷偷享受這場活動帶來的樂趣！

——我原本是這麼想的……

「然後……其實我還有一個問題。」

可是，二斗同學接下來的問題，讓事情的走向為之一變——

「就是……關於妳男朋友的事情！」

「……」

——曆美的表情瞬間僵住。

彷彿能聽見空氣凍結的聲音。

因為西園小姐也提到過的那個男朋友……就是我。

「我一直很在意。請問他到底是個什麼樣的人？」

二斗同學應該完全沒有惡意吧。

她雙眼閃閃發亮，繼續問曆美。

「他長得是不是很帥……？妳那麼漂亮，他肯定也是個帥哥對吧！我猜他一定是個既溫柔又有品味的人，真正的他到底是不是這樣呢？啊，他今天——該不會也有來到現場吧……」

——她應該真的只是想聊戀愛八卦吧。

她只是想知道自己喜歡的寫手男朋友，到底是個什麼樣的人。

只是跟普通的國中小女生一樣，興奮地想要聊這種話題……

可是……

「……」

曆美的表情僵硬到不行。

嘴巴也緊緊閉著……

「……minase小姐？」

——也難怪她會有這樣的反應。

畢竟我們現在的關係剛好很糟糕。

在這種情況下，她到底該怎麼回答這位二斗同學的問題……

「……妳還好吧？」

二斗同學似乎開始感到不安，小心翼翼地問了這個問題。

西園小姐也一臉疑惑地看著曆美的表情。

就在這時，曆美終於回過神來——

「……啊、啊啊。不好意思。」

她開口說話了。

「呃……妳是要問我的男朋友……對吧？他是我的高中同學……嗯，我不知道他算不算是帥哥，但他是個長相很可愛的男生……」

「哇～竟然是可愛型的男生！那種男生也不錯喔！」

「是啊……不過他是個內心很堅強的人……」

「天啊！那不就完美無缺了嗎！」

「……或許吧。」

曆美點了點頭，表情也變得更陰沉了。

現在的她，不管聽到什麼跟男朋友有關的事情，心情應該都只會變得更差吧。

「至於品味這部分……嗯，他也跟我興趣相近，還會看我在memo上面發表的文章……」

「天啊～～！那他今天肯定有來對吧！」

——二斗同學開心地這麼說。

然後就環視周圍，開始在會場裡找人了。

「到底是誰呢～～！他是個內心堅強的可愛型男生對吧！我來找找……」

她睜著大大的眼睛，往四面八方不斷掃視。

我下意識地——縮起身體，故意轉頭避開她的目光。

我現在可不能被人發現。我們兩個還在吵架，我還說過「絕對不會來參加這場活動」，要是現在被人發現，就真的太尷尬了……

可是——

「……他今天不在這裡。」

曆美——小聲這麼說。

「他今天沒有過來……」

「咦～～？為什麼？他是要準備考試嗎？還是去打工了？」

二斗同學天真地這麼問。

這句話讓我的身體抖了一下，但曆美沒有注意到我——

「……我們吵架了。」

——曆美的聲音小到幾乎聽不見。

「我們前陣子吵架了，他說他今天不會過來……」

——會場突然變得鴉雀無聲。

之前那種歡樂的氣氛瞬間消失，突然變得沉重起來。

這種情況連西園小姐都不知道該怎麼幫忙打圓場。

而我——也亂了手腳。

全身冷汗直流，心裡慌亂到不行。

想不到曆美……竟然會說得這麼直接！

她明明只要隨便找個藉口，說我今天無法過來就行了……！

為什麼她要說出那種只會讓人尷尬的事實！

「……啊、啊哈哈哈。」

也許是發現自己說錯話了，二斗同學發出尷尬的笑聲。

「原、原來是這樣啊……對不起！不過，我相信一定會沒事的！大家都說感情會越吵越好，我相信你們一定很快就會和好的！」

「……這可難說。」

曆美臉上毫無笑容。

語氣也還是一樣低沉。

「當初都是因為我太任性……所以搞不好我們已經回不去了。我說不定會被他甩掉……」

……天啊！為什麼她要故意說這麼負面的話！

整個會場的氣氛都變得跟舉辦葬禮沒兩樣了！

現在到底該怎麼辦啊！難得剛才的氣氛還那麼熱烈……！

……這是我第一時間的想法。

因為曆美太過誠實，我才會忍不住在腦海中瘋狂吐槽。

……不過我也有錯。

我也把話說得太難聽，才會害得我們吵起來。

如果我那時候就原諒她的話，就不會像現在這樣了……

——如果那時候就……

是我讓曆美傷心，也是我害得現場觀眾不知所措。

既然這樣——那我該做的事就只有一件了。

我拿起手邊的杯子，一口氣喝光裡面的冰水。

然後，我做好覺悟——

「——我在這裡！」

我站起來——大聲這麼說。

「大家好！我是minase的男朋友，名叫矢野！不好意思，其實我有來！」

——所有人都看了過來。

包括西園小姐與兩位寫手。

還有正在發問的二斗同學，和觀眾席的近百位客人。

以及——曆美，她在舞台上睜大眼睛看著我——

我對她露出笑容。

「——我有看著妳！」

清楚明確地這麼告訴她。

「我有來看妳，也會一直守候著妳……minase，妳要加油喔！」

她默默眨了眨眼睛。

然後露出快要哭出來的表情，輕輕咬住下唇。

「……原來你來了。」

她終於笑了出來，這麼說道：

「謝謝你特地來看我……」

「妳別這麼說。抱歉，我這樣偷偷摸摸跑來看妳。」

「嗯嗯，沒關係……我很開心。」

「……喂喂喂！」

剛才一直沒說話的西園小姐——這樣叫了出來。

「現在到底是什麼情況！minase，他真的是妳男朋友嗎？」

「對，是的……」

「你們真的有吵架，而他原本也不打算過來嗎？」

「對……不過他還是來看我了。真是太好了……」

「……真是的～這樣太誇張了喔！」

她伸手扶額，一副很傷腦筋的樣子。

可是，她還是露出藏不住笑意的表情，繼續說了下去。

「這算什麼！你們竟然利用我舉辦的活動重修舊好！妳很有種喔～第一次上台表演就敢跟男朋友公然放閃！」

「放、放閃？」

曆美臉色大變，趕緊拚命搖頭。

「我真的沒有那種意思……！那個、那個……！」

「啊～～算了！妳不用解釋了！反正觀眾也都看得很開心。我有說錯嗎？」

聽到她這麼問——觀眾也跟著幫我們打氣。

「——剛才真是閃死人了！」

「——你們要幸福喔！」

大家不是這樣起鬨，就是為我們鼓掌。

西園小姐心滿意足地看向觀眾席。

「看吧，活動總是伴隨著這種意外的插曲，大家早就習慣了。所以，妳可以抬頭挺胸面對大家喔，minase。」

「我、我會的……」

「不過……」

西園小姐露出得意的笑容——

「我今後也會請妳定期出席這場活動，讓妳接受各種不合理的挑戰。妳要做好覺悟喔！」

聽到這句話——曆美驚訝地睜大眼睛。

然後她露出感到困擾的笑容，點頭答應這個要求。

「好的……今後還請多多指教！」

＊

於是——這一天的活動圓滿結束了。

後來，就跟西園小姐說的一樣，曆美每個月都會被叫去參加活動。

她跟西園小姐的交情也變得更好，變得像是一對師徒。

到了大學時代，曆美甚至還在她的提議之下，創辦了一個名叫「INTEGRATE MAG」的團體。

因為這個緣故，讓她得以跟二斗千華同學重逢。

後來又發生了許多事情。

雖然那段日子也跟高中時代一樣充滿波折……但那又是另一個故事了。

第五話
Chapter.5
【考試當天】

1、早上——水瀨曆美

東京的冬天十分美麗。

柔和的陽光讓每個地方都閃爍著銀光。

不管是腳邊的落葉，還是路上的行人與天空，都染上溫和的色彩。

呼吸到的空氣有種冷冽的氣息，我茫然地抬頭看向天上的雲朵。

我當然也喜歡老家北海道的冬天。

城市被白雪覆蓋，變得一片雪白。運河沿岸閃爍著無數藍光。

只要閉上雙眼，那幅景象就會在我腦海中浮現。

不過——總覺得這個城市的二月，帶給人一種親切和善的感覺。我很慶幸自己能在東京迎接這天的到來。

「終於要開始了。」

我們來到東京都內某間私立大學的校園。

我對走在旁邊的矢野同學這麼說。

「今天就是我們最重要的日子……」

「是啊。」

他很肯定地這麼說，對我點了點頭。

「接下來這半天將會左右我們未來的人生。這種感覺還真是不可思議……」

漫長的備考期間終於結束，我們即將要面對考試了。

參加過好幾間大學的入學考試，過著被考試結果左右心情的日子。

而今天——就是最後一天。

我跟矢野同學的第一志願，就是在今天舉辦入學考試。

就算我是個還算喜歡讀書的人，這一整年也還是相當難熬。

孤獨的時間不斷累積，還要面對定期造訪的模擬考。

有時成績會順利提升，有時也會遇到瓶頸。光是要讓內心不被擊垮，就已經讓我竭盡全力。

老實說，我今天的心情也在自信與不安之間來回搖擺。

如果只看模擬考成績，我確實很有機會考上；但如果不小心沒考好，也很可能會輕易落榜。

而這個不穩定的天秤，將會左右自己的人生，也讓我緊張到不行。

幸好今天還有矢野同學能陪在我身邊。

「……就是這裡了。」

走了一小段路，來到我們要找的校舍。

「三號館……嗯，絕對錯不了。」

說完，我抬頭仰望那棟建築物。

這所大學是在一百五十年前左右創立。這棟校舍八成也是在戰前就蓋好了吧。

這棟校舍的外觀很氣派，就像是會出現在歷史課本裡的建築物，讓我想起春天時跟矢野同學一起去過的國立科學博物館。

我跟矢野同學的考場在不同教室。

所以——我們要在這裡暫時分開了。

「那……加油喔。」

「嗯，一起考上吧。」

「晚點見。」

「再見。」

互相道別後，我們分別走向自己要去的教室。

走了幾步之後，我回過頭去，發現矢野同學的背影已經離我有一段距離……也發現

自己突然變得非常緊張。

——我踏進校方指定的考場。

這間教室位在校舍的二樓，而且早就有考生慢慢進入教室了。

這群陌生的年輕人不是跟我同年，就是比我年長一些。

為了迎接今天的考試，他們肯定都跟我一樣，事先做了十足的準備。

他們就像是面對同樣挑戰的同伴，也像是無法輕易擊敗的強敵，讓我緊張地吞下口水。

我找到自己的座位坐了下來。

那是位在窗戶旁邊，可以看到校園景色的位子。

暖氣機就在旁邊，雖然天氣寒冷，但還是十分溫暖。

我把准考證擺在指定的位置，做了幾次深呼吸之後——疑似監考官的年輕大學生就走到講台上了。

那個人向考生們打過招呼，也說明過考場規矩後，就把考卷與答案卷發了下來。

第一場考試的科目是英文。

沒問題，這可是我僅次於現代國文的擅長科目，應該可以順利解決。

然後，現場的氣氛突然變得緊張起來。

「那——考試開始。」

——鐘聲響起之後，全體考生同時翻開考卷。

今年的考題，出現在我眼前。

戰鬥終於開始了。

我吸了口氣，立刻看向題目——迅速開始答題。

「……」

我照著順序不斷解決眼前的問題，沒用太多時間就寫完單字題和短文填空題。

沒問題的。我至少做了十年份的考古題。

出題傾向似乎沒有改變，應該能順利解開這些題目……

事實上，題目的難度也在我的預料之中。

雖然可能無法拿到滿分，但我肯定會及格。

……考試已經開始幾十分鐘了。

終於寫到考卷中央的英文閱讀測驗。

我先喘了口氣，然後才開始閱讀那篇文章的開頭——

「……」

——我愣住了。

奇怪……怎麼好像有點難？

這篇閱讀測驗的文章顯然比過去的考古題還要難……

裡面有沒見過的單字，還有複雜的文法。

我看不懂「it」到底是指什麼東西。

也不知道那些連接詞是接到哪裡——

——我無法在腦海中翻譯這篇文章。

意識到這一點後——我的心臟猛然一跳。

我的背後冒出冷汗，呼吸也變得越來越急促。

「……呃……！」

我決定先跳過這題，趕緊看向下一篇文章。

這篇文章比第一篇還要簡單，單字跟文法我都看得懂。

然而——

「……嗚！」

不知為何我就是看不懂這篇文章，就算目光掃過文字，也無法理解其中的意思——

——情況好像不妙。

在腦海中的某個角落……我清楚地體認到這個事實。

這也讓我的狀態——迅速變差。

心臟跳得非常快。掌心冒出冷汗。額頭也開始發燙。

然後……就連前面已經解完的問題，也開始懷疑是不是寫錯了，內心感到越來越不安——

……怎麼辦？我不能繼續這樣下去了。

忐忑不安的心情，讓我忍不住緊咬嘴唇。

必須想辦法振作起來……

我想要強迫自己深呼吸，於是大大地吸了口氣。

結果手肘不小心碰到橡皮擦，差點把橡皮擦從桌上撞下去。我趕緊伸出手，在千鈞一髮之際接住橡皮擦，這才鬆了口氣——

就在這時，我的腳踢到了某樣東西。

——是書包。我帶了一個大背包，把今天要帶的東西全都裝在裡面。

突然想起裡面還放著護身符。

上個月去新年參拜時，我跟矢野同學一起買了祈求學業順利的護身符——

——矢野同學也在奮戰。

突然——體認到這件事。
他也在這棟建築物的某間教室裡，跟我一樣面對著相同的難題。
說不定，他也被同一段英文考倒了。
也可能正為了文章翻譯不出來而感到焦急……
——我並非孤軍奮戰。
我還想起秋玻與春珂。
還有那段自己分裂成兩個人格，每天都會不斷對調的日子。
……當時的那種堅強，早已離我遠去。
即便那種心裡還有「另一個人」的歡喜逐漸消散——她們兩人現在也依然活在我心中。秋玻與春珂就在這裡，互相鼓勵著彼此。
所以——
「呼……」
——我大大地吐了口氣，重新面對這場考試。
只要冷靜想想，就知道這種時候該怎麼應對。
首先要搞懂整篇文章的架構，個別單字的意義可以晚點再來推敲。
這樣應該就能解開這一題了……

我再次看向考卷，發現上面的英文看起來好像變簡單了。

「……」

嗯，沒問題的。

我感覺到胸口有種溫暖的自信。

重新握好鉛筆並挺直背脊，再次開始挑戰那道題——

2、午休時間——須藤伊津佳

「——天啊……這裡到底是怎麼回事？」

我抱著自己的腦袋，小聲地這樣哀號。

我在離家不遠的一所女子大學，並站在校園裡的噴水池前面。

我，須藤伊津佳——為這種意想不到的「疏離感」而抱頭苦惱。

那些坐在旁邊長椅上吃著便當，看起來像是考生的女孩們，全都驚訝地看了過來。

她們還露出狐疑的表情，開始跟朋友竊竊私語。

……對不起喔，我好像嚇到妳們了。

她們會被嚇到也很正常。

畢竟這裡有個粗魯的女孩子在亂叫……

跟她們不一樣……看起來既不像大小姐也不像有錢人家的女生在苦惱著。

「唉……」

——大家都很有氣質呢。

我來到自己的第一志願大學。

在校園裡看到的考生與環境……都充滿著讓人看了瞠目結舌的「貴族氣息」。

而我這種平民類型的女孩，在這裡完全就是個異類。

這裡散發的異常氛圍，讓明明考得還算順利的我，「在這裡沒問題嗎……」地一直懷疑自己是不是走錯地方了。

「呼……」

我再次嘆了口氣，把手伸進自己帶來的背包。

拿出來的是媽媽親手做的特大號飯糰。

為了讓我在考試的時候能發揮全力，她為我做了這個份量十足的便當。

裡面還擺著炸雞和小番茄這些配菜。

可是——

「……我沒有食慾。」

無論如何都不想吃東西。

「吃不了這麼大的飯糰……」

我無法像平常那樣享用午餐，只能用手托著臉頰環視校園。

——我一直想當個老師。

想當個老師，一邊教小朋友念書，一邊過著快樂的生活。

你們難道不認為這份工作很適合我嗎？

我也算是蠻受小朋友歡迎的，而我也很喜歡小孩。

自己覺得有辦法認真陪小朋友玩耍，也能在該罵人的時候罵人。

在還沒開始準備考試之前，我認真考慮過後，決定將來要當個幼稚園或小學老師。

以此為前提找尋要報考的學校，而這裡就是我選擇的第一志願。這是一間位在西荻窪的老牌私立女子大學。

這裡的教育學院很受歡迎，校園裡還有一間小教堂也很棒。

而且憑我的成績還能勉強考上這裡，讓我發誓：「絕對要讀這間大學！」為此拚命用功讀書。畢竟讀這裡可以從我家通學，以後的日子也比較輕鬆。

可是……這裡的氛圍……

這裡充滿那種上流社會的氛圍，讓我的存在顯得格格不入。

老實說，待在這裡讓我覺得不太舒服，感覺好像自己很不受歡迎……

「嗚嗚嗚……」

所以這讓我獨自受到精神上的打擊。

這個打擊意外地巨大，我的心好像也因此動搖了。

唉～～這種感覺真不好受啊～～如果是平常的話，我早就去向矢野或修司哭訴了。

我會大吵大鬧，讓他們不知道該如何是好，藉此減輕自己的痛苦……

「嗚嗚……」

懷著這種想法——我從包包裡拿出手機。

打開手機電源，確認有沒有新通知。

期待能看到朋友碰巧在這時傳訊息過來，但我沒有收到那樣的通知，就只有收到速食餐廳發送的廣告簡訊。

「……好吧。」

……那我就自己傳訊息給別人吧。我要找個人聽我抱怨。

該找誰才好呢？矢野？細野？曆美？找小時好像也不錯。

不過……嗯，其實我覺得修司才是最合適的人選。

他跟細野一樣都是我的老朋友，個性也最成熟穩重。

不過……這讓我感到有些抗拒。

不知道自己是否可以向他求助。

——自從修司向我告白後，已經差不多快要兩年了。

而我拒絕了他，也已經過了兩年。

在日常生活中，我早就不會想起那段過去。

我們跟普通朋友一樣相處，他好像也沒有割捨不下的感覺。

不過……遇到這種情況，我還是會有些猶豫。

我可以特別跑去尋求他的幫助嗎？

雖說是兩年前的事情，但我畢竟拒絕他了……這樣難道不會有些卑鄙嗎？

即便到了現在，我仍然無法完全放下當時那件事。

「……不行，但是我再也忍不住了！我真的受不了了……！」

我大大地吸了口氣。

伊津佳：『上午的考試結束了。』

伊津佳：『身邊都是些千金大小姐，超猛的。』
伊津佳：『有點受到打擊。』

我懷著祈禱般的心情，傳出這些訊息給修司。
當然……平時也會傳訊息給修司。
不是告訴他大家約好碰面的時間與地點，就是沒事找他閒聊。
如果把群組的聯絡也算進去，我們每天至少都會聊天超過一次。
不過……我很久沒傳這種訊息給他了。
自從他向我告白之後，我還是頭一次在他面前示弱——趁著已讀通知還沒跳出來，
我慌張地把手機放進口袋。
畢竟修司這陣子也很忙！
他肯定不會立刻回我訊息！
我只是傳個訊息給他，只是想向他抱怨兩句。
既然訊息已經傳出去，那我也該開始為下午的考試做準備了——
「——哇啊！」
——手機震動了。

被我放在褲子口袋裡的手機，接連震動了好幾次。

這是收到訊息的短促震動。我忍不住大聲叫了出來。

我拿出手機一看，手機通知裡顯示著他的名字與訊息。

修司：『我記得妳今天是考第一志願的學校對吧？辛苦妳了。』

——這是一通平凡無奇的訊息。

沒有特別用心，就只是平常的噓寒問暖。

此外——

修司：『發生什麼事了？這樣一點都不像妳。』

修司：『放心吧。我想她們應該都是好人。』

修司：『要是妳有空，可以試著找她們說話看看。』

……他還傳來這些訊息，讓我覺得感觸良多。

沒錯，在這種時候會主動跑去找別人說話，才是我的風格。我總算想起來了。

「他說得對……好，我要加油！」

我解除手機的螢幕鎖定，輸入要回覆給他的訊息。

然後，用另一隻手伸進包包——拿出媽媽親手做的特大號飯糰。

要先填飽肚子，重新振作起來！

若時間可行的話……我環視周圍。

看向那些坐在周圍的長椅正在吃便當的同齡女孩們。

雖然她們身上的衣服都很高級，但每個人的反應都不一樣，有人看起來很緊張，有人看起來一派輕鬆，也有些人忙著跟朋友聊天。

……我想試著去找她們說話。

例如那個看起來很緊張，表情也很痛苦的女孩。

我打算去找那女孩聊個幾句——

3、下午的考試時間——廣尾修司

——太輕鬆了。

這是——我發自內心的感想。

用鉛筆填寫答案的同時，甚至有種快感。

問題都被我順利解開了。而且確信自己沒有寫錯。

就連那些我覺得有難度，不確定答案是什麼的問題——我也充滿了自信。

因為我讀了那麼多書，都還是解不開那些問題。

既然這樣——在場的其他考生也不可能答得出來。

所以，就算我答錯了，結果也不會改變。

我——肯定可以考上。

「……」

我斜眼看向准考證。

上面印著「廣尾修司」這個名字，還有我自己的大頭照。

照片裡的我穿著眼熟的宮前高中制服——

2-1-1　這裡有個關於大氣中的風力發電廠的問題。請參照圖1。這座發電廠有著圓筒型的底座，上面的風機有三枚葉片，高度是40公尺。600kW的額定功率的——

我把注意力拉回到考卷上的題目，腦海中想著這三年之間的經歷。

——其實我對自己的高中生活感到有些後悔。

我認為自己在這段日子過得還算不差。

身邊圍繞著許多朋友，每天都過得很充實。

還曾經參與關係到朋友人生的重要事件。

將來回顧那段日子的時候，我應該會覺得「這就是青春吧」。

不過……故事裡的主角永遠不是我。

細野有一本自己很喜歡的小說，還遇到被當成小說主角原型的柊時子同學。

水瀨同學因為承受巨大的壓力，導致人格一分為二。

矢野愛上從她心中誕生的兩個人格，陷入跟秋玻同學與春珂同學的三角戀情，為此煩惱不已。

我身為他們的朋友，當然也有努力幫他們解決煩惱。

雖然影響不大，但我自認有幫上他們。

可是……那我自己又如何呢？

當然，我也不是完全沒有遇到問題。

我曾經被人告白，也曾經向別人告白。

可是，這些事全都沒有結果。說得更明白一點……在這段高中生活，我一直都是站在旁觀者的角度中度過的。

嗯，就是這樣。

我在高中時代從頭到尾就只是個配角。

這到底是為什麼呢——？

2-1-6　如果把整座風力發電廠與周圍的大氣視作一條線，從狀態A到狀態B，最後再轉到狀態C時，將其內部能量、位能與熵的變化——

到頭來，我還是不敢放手一搏。

想當個好人，想要保持成熟，不敢順從自己內心的衝動。一直壓抑自己，想要繼續當個理想中的自己。

這可能——就是原因吧。

我在答案卷上揮舞鉛筆，把堆積如山的問題逐一解開，同時回想著這一年發生過的事情——

我從一開始就很認真地在準備考試。

不管是別人還沒決定出路的時候，還是偶爾休息放鬆的時候，我都沒有片刻鬆懈。

而這就是我得到的成果。

看來我是那種還算會讀書的人。

可是，這也只不過是個開端。

就算考上大學了，我也要保持著這股衝勁過生活。

然後——等畢業了，我也要跟自己父親一樣出來創業。

為了實現這個夢想，就得告別那個只敢當個配角的自己。

這場考試就是前哨戰。我要拿出全力通過這場考試。

我這次——也想變得跟矢野、細野、秋玻同學與春珂同學還有柊同學那樣耀眼——

只是……

「……」

當我想著這些事情時，我突然看到一個人。

那人就是坐在我前面的考生。

他有時候會非常焦急地亂抓自己的頭髮，看樣子是陷入苦戰了吧——

……不知為何想起須藤前幾天去考試時傳來的訊息。

我不想失去那顆溫柔的心。

那群在高中相遇的重要朋友，為了繼續當個配得上他們的人，我希望自己好好地保有關心他人的能力。

所以……我在心中偷偷許願。

希望坐在我前面的人可以冷靜下來好好考試。

這裡是讓我們大顯身手的舞台。

大家都是考生，讓我們拿出自己過去累積的一切，盡全力拚個高下吧——

4、考試結束——柊時子

「——考試結束。」

鐘聲在校舍裡響起，監考官如此大聲宣布。

「請各位把筆放在桌上，照順序把答案卷傳到前面——」

——呼……

我深深地呼了口氣。

收好自己的答案卷，交給坐在前面的人——然後轉頭看向窗外。

城鎮占據狹小的平原，後方則是深綠色的山脈。

低矮的房屋給人一種歷史悠久的感覺。

闊葉樹的葉子覆蓋著山頭，岩石從樹縫中露出頭來。

我看著這幅景色好一段時間……直到被監考官叫到名字，繳回寫有「柊時子」這個名字的准考證，然後便起身走出教室。

這間大學的入學考試全部結束了。

今天會在飛驒高山這裡住一晚，明天才會回到東京。

「……嗯嗯。」

我走出校舍，大大地伸了個懶腰。

總覺得這裡的空氣明顯跟東京不太一樣。

不知道該說是比較新鮮，還是比較營養，但這八成只是我的錯覺……

不過，看到這個遼闊的地方，還有寧靜悠閒的住宅區，就免不了會有這種感覺——

——我，柊時子，決定要在高中畢業以後離開東京。

目的是要就讀位在岐阜縣高山市的這間縣立大學。

因為我那位在當作家的姊姊——柊TOKORO，也曾經就讀這間縣立大學。

聽她說過那段快樂的大學生活之後，很自然地也想來到這裡讀書。
她當時在老舊的宿舍裡跟一群怪人生活。
還在學校裡跟老教授一起研究民俗學。
至今依然懷著對那種生活的憧憬，儘管還沒確定要入學，但心情早就開始興奮了。
我覺得自己考得還算不錯。
如果沒有算錯太多，肯定可以順利考上。
如果真的順利考上，只要再過幾個月，我就得在這個地方生活了。
這個跟我出生長大的西荻窪天差地遠，充滿著和平的氛圍，好像有些缺乏戒心的城鎮，讓我內心充滿了期待。
只是……
「……唉——」
我當然也有些放心不下的事情。
在自己家裡住了十八年，到時候真的有辦法獨自生活嗎？
在這個人生地不熟的地方，我有辦法跟周圍的人好好相處嗎？
大學的課程跟高中完全不同，我真的有辦法跟上嗎？
更重要的是——細野同學。

這個準備繼續待在東京，只能跟我談遠距離戀愛的男朋友……讓我實在放心不下。

「我當然會支持妳。」

當我說出自己想要來岐阜縣讀書的決定時，細野同學一臉理所當然地這麼告訴我。

「這是妳想走的路吧？那我當然會支持妳。」

「謝謝你……」

雖然我點頭道謝，但心中的不安並沒有消失。

「……可是這樣沒問題嗎？這樣我們就得談遠距離戀愛了……」

「放心吧。」

即便聽到我這麼說，他也還是笑著點了點頭。

「區區四年沒辦法讓我變心。我也會三不五時去看妳的。」

因為他的溫柔與體諒，我才能專心準備考試，並且在實際考試時全力以赴。

——可是……

「……這樣真的好嗎？」

我走向飯店。

走在這條有種熟悉味道的街道上，心中突然覺得有些後悔。

「我這麼做真的正確嗎……？」

試著想像——自己選擇就讀東京都內的大學會是什麼情況。

那我就能從自己家裡每天通學，繼續待在細野同學身邊了……

我覺得這樣的大學生活也很幸福。

倒不如說，比起這樣挑戰未知的生活，那樣肯定更能讓我度過愉快的大學生活。不光是細野同學，我也可以繼續跟其他朋友來往，而那種生活當然不可能過得不愉快……

「……那種未來或許也不錯呢。」

那……我有辦法在飛驒高山這個地方，得到比那種生活更重要的事物嗎？心儀的戀人與朋友無法給我的東西，這個地方有辦法給我嗎……？

我不知道。

因為我不曾離開老家，所以無法得知答案。

可是，我已經決定自己未來要走的路了——

「唉……」

我抬頭仰望，看著那片近似白色的水藍色天空。

也許是某個地方在升火，還聞到樹木燃燒的味道。

兩隻我從未見過的鳥，從視野邊緣飛過。

雖然我曾經聽說鄉下地方的天空比東京遼闊，但親眼見識之後，我發現眼前的天空比想像中還要寬廣。甚至有種不知道自己身在何方的錯覺。

這樣的我，真的有辦法離開故鄉獨自生活嗎？

「對了……」

我突然想起一件事。

那是一年前的事情。曆美當時才剛回到西荻窪。

我們偶然在學校裡獨處，不小心聊到這個話題。

那是連續下了好幾天雨之後的某個晴天，我當時還以為天上會出現彩虹。

「……我之前在北海道的時候也是這樣呢。」

曆美從校舍之間的走廊仰望天空，對我這麼說道。

「我當時還沒做完檢查，沒辦法回到西荻，只能經常像這樣看著天空發呆。」

「這樣啊……」

我想像著她當時的模樣。

腦海中浮現出她在宇田路仰望藍天的樣子，讓我忍不住點了點頭。

「畢竟北海道的天空很漂亮呢。我能體會那種想要一直看下去的心情……」

「妳也這麼覺得對不對？而且……」

說完，她轉頭看了過來。

「我總是會想到這片天空也連接著東京。」

「……連接著東京？」

「是啊，我都會想到在這片遼闊天空的另一頭，就是時子與矢野同學，還有重要的朋友們居住的東京……」

曆美瞇起眼睛，彷彿回想起當時的天空。

「我會想到天上的某一朵雲可能曾經讓東京下過雨。那朵雲可能先在西荻下了一場雨，然後才飄到這個地方……只要這麼一想，我就能得到勇氣。雖然我跟大家分隔兩地，但我們肯定還是聯繫在一起。也許就是因為這樣，我才有辦法撐過那段寂寞到不行的時期……」

——我想起了這段對話。

一邊走在通往飯店的路上，一邊再次仰望天空。

天上飄著幾片薄雲。

在西風的吹拂之下，那些薄雲正緩緩飄向東方……

……那些薄雲說不定早晚會飄到東京去。雖然現在還只是幾片薄雲，但也可能會在出海後吸收水氣變得巨大，或許會讓東京下起雨來……

……只要這麼一想，就覺得天空確實連接在一起。

就算將來分隔兩地，我想我們肯定不會有問題的。

「……加油吧。」

我重新揹好背包，加快走向飯店的腳步。

5、歸途——細野晃

結束了。

我的人生完美地劃下句點了。至今為止真的非常感謝。

「……嗚啊啊啊啊啊……」

這是我——細野晃今年最後一次考試了。

我一邊離開大學校區，一邊獨自抱頭苦惱。

「完了，真的要完了……」

我完全看不懂考題……

今天遇到的考題真的全都難到不行……

差點就要癱坐在原地了。

身體異常沉重，好想直接倒在地上回歸塵土。

可是……現場還有其他考生，我不能做出那種事。

只能拖著沉重的身體，慢慢地走向車站——

——其實，我從一開始就沒有進入狀況。

到了三年級就突然得決定人生方向這個現實，還有我自身的感覺。

我知道自己差不多該決定將來想讀哪間大學，還有未來想要從事的工作。我心裡很清楚。

事實上，我身邊的朋友們幾乎都順利規劃好自己的未來了。

矢野和水瀨同學很早就決定要就讀私立大學的文學系。

矢野將來似乎想到出版社工作，水瀨同學也早就以寫手身分開始活動了，所以我能理解他們的決定。

修司想去國立大學的理工科系學習程式設計。須藤想要考上女子大學的教育學系。

至於——我的女朋友時子，則是決定好了要去就讀岐阜縣的大學。

……我覺得他們真的很厲害。

他們有辦法做出那種選擇，就代表他們都有認真思考過自己的未來。

若非如此，他們也不可能那麼認真讀書，為考試做準備。

可是……我好像沒辦法跟他們一樣。

畢竟誰也不知道未來會怎麼樣，我也無法懷著確切的決心選擇出路。

雖然姑且還是有跟父母商量，決定報考東京都內的大學……但也只是敷衍了事。

我沒有想要做這件事的衝勁，也對此毫無真實感，在準備考試的時候也沒有很認真……而結果就是現在這樣。

之前報考的大學沒有一間考上，我賭上最後的希望來參加今天這場考試，但應該毫無疑問會落榜吧。

「——開往三鷹的總武線列車即將從四號月台發車了。」

乘客們聽著站內的廣播，從月台搭上列車。

熟悉的總武線列車開始將我運往西荻窪。

就只有今天——我完全不想眺望在窗外飛逝而過的景色。

找好座位坐下後，就低頭思考今後的計畫。

「看來我只能重考或是去打工……不然就是乾脆去找工作算了。」

應該只有這幾條路能走了吧。

看是要拜託父母讓我重考一年，以明年絕對要考上大學為目標。

還是要先去打工，同時認真思考自己的未來，免得浪費時間。

不然就是放棄升學，直接選擇就職，專心去找工作。

……這些選項都有可能。

而且每一條路都不算太差。

可是，不管最後要做出哪種選擇，我都必須下定決心。

而那就是我現在最缺乏的東西……

「……這樣的我，竟然還有臉對時子說那種好聽話……」

女朋友曾經好好地來找我商量想去飛驒高山讀大學的事。

而我——身為她的男朋友，應該也算是有推了她一把。

當然，我不可能不感到寂寞，心裡也會覺得不安。

可是，我還是想要支持勇於挑戰的她，努力露出最燦爛的笑容，叫她不用擔心。

……搞屁啊。

現在回過頭來看，應該是我要擔心自己才對吧？

到底之後會變得怎樣啊……

時子難道不會對這樣的我感到失望嗎？

她會不會在飛驒高山移情別戀，喜歡上比我更可靠的男生……？

「……嗚嗚嗚……」

腦海中的思緒變得越來越負面。

甚至開始妄想自己被女友與朋友拋棄的樣子。

「——西荻窪。西荻窪到了。」

車內廣播讓我知道列車抵達目的地了。

我拖著沉重的身體走出電車。

以毛毛蟲般緩慢的速度慢慢走下樓梯，走過剪票口，同時想著該怎麼向父母報告今天的事情的時候……

「……咦？細野？」

我聽到人群中傳來這樣的聲音。

那是我很熟悉，聽起來很溫柔的男孩聲音。

然後，接著聽到——

「……真的是他耶！」

——激動中不失沉穩的女孩聲音。

我順著聲音看過去——

「……啊……！」

沒有猜錯——他們就在那裡。

他們就是我的朋友矢野，還有他的女朋友水瀨同學。

對我來說……也是我崇拜的兩人。

「真巧，我們也剛考完試回來。」

他們邊說邊走了過來。

「話說，細野，我記得你今天也有考試對吧？辛苦你了！」

「辛苦你了。」

還對我說出這樣的話。

看到他們臉上的笑容——我不知為何激動了起來。

因為剛剛非常自責，才會有種得到解脫的感覺。

「辛、辛苦你們了……」

在說出這句話的同時——忽然感到眼眶一熱。

不知道發生什麼事，我伸手擦了擦臉頰……結果發現臉頰是濕的。有東西從我眼睛裡流出來了。

「……咦？」

我嚇了一跳，那股熱流不斷地從眼睛裡湧了出來。

雖然我慌張地想要阻止，但就是停不下來——

6、西荻窪——矢野四季

「——喂、喂！你到底怎麼了！」

——他哭了。

在考完試回家的路上，我們偶然在車站遇到細野，他卻突然哭了起來。

「咦？你、你是不是遇到什麼事了……？」

「你沒事吧……？」

「嗚、嗚嗚……」

就算我跟曆美這麼問，細野還是繼續小聲啜泣。

就連周圍的路人都一臉擔心地看向他……

他到底遇到什麼事了……！

這傢伙看起來總是很冷酷，這次竟然會哭成這樣！

「到底發生什麼事了？細野……！」

——老實說，我這次考得很順利。

雖然第一節課考英文的時候，在途中遇到很難的題目，被嚇出一把冷汗，但很快就振作起來，順利發揮出自己的實力。

我覺得自己應該考得上……就算不小心落榜，也不會感到遺憾。

感覺自己已經拿出百分之百的實力。

而曆美似乎也有同樣的感想，她還說：「嗯，我全力奮鬥過嘍。」

我們就這樣帶著成就感，一邊討論是否要舉辦慶功宴，一邊回到西荻……結果就發生了這件事。細野真的哭了。

「嗚、嗚嗚嗚……」

他還是沒有停止哭泣。

……嗯。不管怎麼說，我都不能這樣放著他不管。

我不能讓這樣的細野一個人回家。

我跟曆美互相點了點頭。

「好，那我們去公園坐坐吧。」

我向他這麼提議。

「我們可以買好飲料帶過去，在那裡稍微談談。如果你不嫌棄的話，可以把煩惱告訴我們。」

細野短暫沉默了一下，然後就點頭答應了。

「……謝謝你們，嗚嗚……」

他用嘶啞的聲音向我們道謝——

——聽說他沒有考好。

他知道大家都很努力，但他就是提不起勁。

而且他的女朋友柊同學也要去外地讀書了……

這樣的現實——似乎讓他突然感到畏懼。

「……一切都是我自作自受。」

細野喝著在旁邊的自動販賣機買來的熱可可，吸著鼻水這麼告訴我們。

「這樣的我……總覺得大家都會離我遠去，也覺得自己很沒出息……」

「我們不可能離開你吧……？」

雖然忍不住笑了出來，但我還是這麼告訴細野。

「誰會因為這種理由就跟你保持距離啊？更何況，我們也不是因為你很優秀，才會跟你做朋友……」

「……你說得對。」

細野如此自嘲。

「其實我自己也明白。可是，我還是會往不好的方面去想……」

「……啊～～我能體會你的心情。」

人在不順利的時候，想法總是會越來越消極。

不好的妄想就是會一直跑出來，甚至會發展到完全不現實的地步。

我想每個人應該都曾有過這種經驗。

不久之前……當曆美的人格還沒完成統合，我也在為自己的生存之道感到煩惱時，就經常滿腦子都是不好的妄想，搞到自己心情低落。雖然那已經是過去的事情了，但我也慢慢學會該怎麼對付這種負面的想法了。

所以，我現在想要幫助細野。

正因為明白那種痛苦，我才想要讓他心裡好過一些。

「……重點應該是你之後有何打算吧？」

我儘量用輕鬆的語氣這麼說。

「如果你考上了，當然什麼問題都沒有。就算沒有考上，只要先想好將來的計畫就夠了。」

「……啊～～這也是個問題。」

細野的聲音變得更沒力了。

「到頭來，我還是沒想好今後到底該怎麼做。不確定自己是要重考，還是直接去找工作，所以才會感到心急……」

說完，細野搔了搔頭髮。

「我覺得自己離你們越來越遠。可是，隨便就決定自己未來要走的路，應該也不是什麼好事吧？唉……抱歉，竟然讓你們聽我這樣吐苦水。」

……看來他現在真的很沮喪。

他的表情讓我忍不住苦笑，同時嘆了口氣。

還是頭一次看到他這麼脆弱無助的樣子。

照這樣下去……或許該把柊同學叫來這裡比較好。

雖然不知道細野希不希望我這麼做，但是讓女朋友親自出面鼓勵他，可能對他更有幫助。我想那肯定是最能幫助細野的做法。

我一邊這麼盤算，一邊把手伸向口袋裡的手機——

「其實……」

就在這時，一直保持沉默的曆美小聲說話了。

「我也可以體會細野同學說的那種心情。可是，要怎麼說呢……」

曆美垂下目光，思考自己該說的話。

她會直接找細野說話，其實是很難得的事情。

看到他們兩人難得有互動，讓我有種不可思議的感覺。

然後——

「……我覺得這種時期也是有必要的。」

稍微想了一下之後，曆美用意外堅定的語氣這麼說。

「……有必要？」

「是啊。」

細野無力地抬頭向上看。曆美對他點了點頭。

「喏，我……人格不是曾經分裂嗎？我以前曾經是秋玻與春珂，而不是現在的曆美。當時不是也給你添了不少麻煩嗎？」

「說什麼添麻煩！沒那種事！」

細野臉色大變，趕緊搖頭否認。

「我很慶幸曾經跟她們兩個當朋友喔！她們讓我想了很多事情，也都是我很好的朋友……」

「啊哈哈，謝謝你。可是，我實在沒辦法這麼想。重新變回一個人之後，我總是覺得對大家很過意不去，尤其是矢野同學，畢竟我的事情當初讓他傷透了腦筋呢。」

「原來還有這種事嗎？」

我頭一次聽說這件事，忍不住從旁插嘴。

「我完全沒發現……」

「那是因為我有努力掩飾，讓你沒辦法發現啊。」

曆美再次笑了出來。

「後來呢……我想到一個問題。如果我沒有分裂成秋玻與春珂，一直保持著現在這個我，是不是對大家都好？」

聽到她這麼說，我也試著想像了一下。

秋玻與春珂都沒有誕生。

曆美沒有陷入煩惱，一直都是同一個女孩。

「……但我也覺得那好像也不是什麼好事。」

曆美小聲這麼說，而我也有同樣的感想。

「雖然那段日子曾經帶給我痛苦和煎熬，但也讓我來到西荻窪這個地方，遇到矢野同學和細野同學你們這些朋友。而且……還讓我發現自己心中有著秋玻與春珂這樣的性格。所以……嗯，我覺得那些事情也是有必要的。我現在總算想通了。」

……有必要的事情。

她說得完全正確。

對曆美而言，秋玻與春珂是不可或缺的存在。

那段分裂成兩個人格的時期，也絕對不能一筆勾消。

現在的我當然也能明白這個道理……與此同時，曆美能夠正面看待當時的事情，還有那段難熬的日子，也讓我覺得很開心。

「細野同學，你現在的處境不也是這樣嗎？」

曆美微微歪著頭，探頭看向細野的臉。

「你無法決定將來要走哪條路，難道不是因為現在還不是做決定的時候嗎？當然，也可能真的太過鬆懈了……但我覺得你現在可以先暫時這麼想。等到心情平復之後，再來思考今後的事情就行了。矢野同學、時子和我，還有其他朋友……都不會拋棄你的。」

——聽到她這麼說，細野有好一段時間都沉默以對。

「……原來……如此……」

然後他深深地吐了口氣，像個孩子般老實地點了點頭。

「這是我必經的過程嗎……？」

細野的臉色開始慢慢變好看了。

冰冷緊繃的臉龐終於放鬆，表情也變得開朗許多。

「我想通了。謝謝妳。這麼想好像也不錯呢……」

「是啊，至少我是這麼想的。」

「有必要……沒錯，畢竟這種事也不能隨便決定……嗯。」

然後，就在這時——

「……嗯？」

我口袋裡的手機發出震動。

震動相當短促，應該是Line收到訊息了。

我拿出手機看向螢幕，發現是霧香傳來的訊息。

kirika：『考試辛苦了。』

kirika：『大家應該都考完了吧？』

kirika：『等到事情忙完之後，大家要不要一起去畢業旅行呢？』

「……細野，你看。」

我把螢幕轉過去給他看。

「會對你說這種話的人，大有人在呢。」

細野看向手機螢幕。

他快速掃視過那些訊息，臉上露出開心的笑容。

「你就先參加，藉此轉換一下心情吧。」

「……你說得對。」

「嗯，我也贊成喔。」

我身旁的曆美也輕輕點頭。

我偷偷觀察她的表情。

看到曆美很自然地接納自己——讓我意識到那段日子已經變成「過去」。秋玻與春珂還在的那段日子，原來早就是「過去的事情」了。

——高中時期的終點已經近在眼前。

第六話
Chapter.6

【畢業】

Bizarre Love Triangle 三角的距離無限趨近零

——原本以為畢業離我還很遙遠，是未來的事。
不管是剛入學的時候，還是升上二年級的時候，我都是這麼認為。
就連升上三年級變成考生的時候，也覺得事不關己。
可是——那當然只是我的錯覺。
我來到體育館，排隊等待領取畢業證書。
聽著同班同學輪流被叫到名字，我才終於有了實際感受。
「——菅原末玖。」
「——有～」
「——須藤伊津佳。」
「——有！」
「——遠山幹人。」
「——有。」
今天……是我們畢業的日子。
即將離開這間待了三年的宮前高中，踏上各自的人生道路。

——現在是三月下旬，早上的體育館還有些寒冷。

現場充滿著有別於開學典禮與文化季的興奮氣息。

畢業生之間也有一種不明所以的夥伴意識。

就只有今天，連學校裡出了名嚴格的體育老師，都讓人覺得很親近。

「——乃木坂悠斗。」

「——有。」

「——藤原瑞穗。」

「——有……」

「——水瀨曆美。」

「——有！」

畢業證書一張接著一張發下去。

每位畢業生都大聲回答，然後走向講台。

最後——終於輪到這個班級的最後一位學生，也就是班級座號四十一號的我。

「——矢野四季！」

「有！」

我大聲這麼回答，然後走向講台。

爬上樓梯來到講台上，在穿著西裝的校長面前停下腳步。
校長把畢業證書拿到我面前。我畢恭畢敬地接過證書，轉身面對講台底下的學生。
從講台上往下看——發現有好幾百個人正在看著我。
而且那些人的臉孔我幾乎多多少少都有印象。
這讓我——忍不住輕輕咬住嘴唇。

＊

「——唉……這一天終於來了。」
畢業典禮結束之後，我們回到教室。
千代田百瀨老師站在講台上，開始向我們做最後的道別。
「你們今後就要分道揚鑣了……現在有何感想？你們覺得高中這三年過得怎麼樣？我想你們每個人的答案應該都不一樣吧。有人覺得開心，有人覺得不開心；有人覺得有意義，也有人覺得沒意義……」
——她用溫柔的眼神看著我們。
用過去這三年，一直都在守候著我們的眼神。

雖然那雙眼睛還是一樣讓人感到放心，但今天好像不是只有「老師對學生」的溫柔，還蘊含著關心老朋友的溫柔。

「對我來說，這三年發生了很多事。不過，我現在覺得那些經驗都讓我有所成長。希望對你們來說也是如此……我希望這三年的經驗，可以在未來幫助到你們……」

聽到她這麼說——教室裡開始傳出小聲哭泣的聲音。

當然……我本身心中也感觸良多。

高中時代終於結束讓我感到寂寞。

對於在這段期間陪伴我的人們，我滿懷感激。

今後即將開始的新生活，也讓我感到期待與不安。

我們肯定會帶著這些情感，迎接未來的新生活。

我回頭一看——坐在窗戶旁邊的曆美正筆直看著千代田老師。

雖然她的眼眶裡好像含著淚水，但她的表情非常開心，很適合春天的柔和陽光。

「還有就是……我有一件私事要向各位報告。」

然後——千代田老師換了個口氣說話。

她的聲音聽起來有些緊張，也像是有些害羞。

我疑惑地轉頭看向她……

「我……從今天開始，也要暫時請假了。」

——眾人立刻議論紛紛。

請假……？我怎麼沒聽說過這件事？

到底是怎麼回事？老師該不會是要辭職了吧……？

大家似乎都跟我有同樣的想法。其他學生也紛紛發問：「為什麼？」、「是不是要轉換跑道？」面對這些問題，千代田老師稍微沉默了一下。

「……我預計在今年夏天之前生產。」

然後簡短地這麼回答。

「而且還是雙胞胎……因為要準備生產和育嬰，我才會暫時休息。」

——喔喔喔喔喔……！

學生們再次叫了出來。

只是，這次不是驚訝與困惑的叫聲，而是帶著祝福的呼喊。

「真的假的！」

「恭喜老師！」

「竟然是雙胞胎……」

同班同學都在忙著歡呼——聽到這個好消息，我也感到一種不可思議的歡喜。

仔細想想，千代田老師實在給了我很多幫助。

先是我剛進到高中，還在扮演角色的時候……

再來是秋玻與春珂的雙重人格讓我陷入煩惱的時候……

最後是我努力讀書準備考試的時期……她對我來說，一直都是一位好老師。

在我即將升上三年級，帶著曆美前往宇田路的時候，她也放下老師的身分跑來幫我。

而這位千代田老師——就要生下孩子，成為一位母親了。

孩子的父親應該就是九十九先生了吧。只要想到他們兩人帶著孩子的模樣……我就不知為何有種想哭的衝動。

再次回頭一看，發現曆美也拿出手帕擦拭眼角。

「……事情就是這樣。」

千代田老師看起來有些害羞，但還是繼續說了下去。

「我也要開始休假了……當我重新復職的時候，也可能會被調到其他學校。教育委員會已經這麼通知我了。所以，你們可能就是我在這間學校負責的最後一班學生……」

說到這裡——千代田老師輕輕吐了口氣。

然後她露出既滿足又開心的表情，看向我們這些學生。

「所以……我要謝謝你們。」

她的語氣非常溫柔。

那是她卸下身為教師的緊張感，以個人的身分送給我們的話語。

「在宮前高中負責的最後一班學生是你們，我真的覺得很幸福。」

然後她露出笑容，用顫抖的聲音這麼說——

「希望我們大家今後都有幸福的人生！」

＊

「——嗚嗚嗚嗚嗚！」

——有人正在放聲大哭。

在教室裡跟大家道別後，我們走出校舍。

接受在校生的歡送與祝福，就這樣來到正門附近——結果發現須藤正在放聲大哭。

「結束了！我的高中生活結束了嗚嗚嗚嗚嗚嗚！」

「別難過了……」

修司就跟往常一樣，一臉為難地忙著安慰須藤。

「雖然高中生活結束了，但妳很快就會變成大學生。須藤，妳之前不是還很興奮，急著想當花樣的女大學生嗎？」

「可是！我不再是女高中生了，好難過！嗚嗚嗚嗚嗚嗚～～！」

「那妳有做過什麼像是女高中生的事嗎？」

看著須藤的反應，細野露出有些困惑的表情。

「不就只是過著平凡的日子嗎……？」

「才沒有那回事呢！」

須藤瞪了他一眼，還大聲反駁他的話。

「我每天都在冒險！對一個十多歲的年輕人來說，每次遇到新鮮的事物，都是一次挑戰與冒險！」

「是、是這樣嗎……」

「啊、其實，我也這麼覺得……」

柊同學原本只是默默當個聽眾，但也小聲贊同須藤的看法。

「我也覺得每天都像是在冒險。高中生活真的很開心呢……」

「我就說吧！小時，妳也這麼覺得對不對！嘿嘿！就只有細野不合群！」

「喔、喔。對不起……」

細野依然一臉困惑，但還是向須藤這麼道歉。

——當我回過神時，平常的老面孔都來到身旁了。

我們以後肯定還是會定期見面的朋友。就算大家都長大成人，年紀增長，建立自己的家庭，還是希望這種關係可以維持下去。

須藤和修司都考上自己的第一志願，準備到東京都內的大學念書。

細野和柊同學面帶笑容看著他們兩人。

細野好像決定要去補習班念書，用一年的時間準備重考。

確定要去岐阜縣讀大學的柊同學也贊成他這麼做，讓我有種事情總算回到正軌的感覺。

當我回過神時，就連古暮同學、Ｏｍｏｃｈｉ老師、氏家同學跟與野同學都過來了。

她們都是在高中三年陪伴著我的重要朋友。

我抬頭一看——發現天空是有如水彩顏料般的深藍。

「……一年過去了。」

我身旁的曆美突然有感而發。

「那一天已經是一年前的事情了呢……」

……「那一天」。

聽到她這麼說，讓我想起那天的事情。

沒錯──那確實是一年前左右的事情。

我們就是在那一天前往宇田路。

我在那一天向秋玻與春珂告別──重新認識了曆美。

這一年好像很短暫，又彷彿永恆般漫長。

我們應該會繼續這樣過生活，直到人生的最後一天。速度快到令人目不暇給，但又有如靜止般緩慢。

我暗自這麼想著──

「──你們兩個也會去參加畢業派對吧？」

就在這時，剛才還在跟古暮同學聊天的須藤走了過來。

「他們好像打算找幾個好朋友，大家聚在一起慶祝到晚上！他們叫我來邀請你們兩個，你們應該會參加吧？」

「啊啊，當然要。」

「嗯，我要去。」

我們都這麼答覆須藤。

「很好。等到人數確定之後，他們就會去找地方了。大家好像決定先回家換衣服再出來集合，我們就各自找時間回去吧～」

「……嗯，就這麼辦！」

——我們討論著之後的計畫。

跟須藤約好晚點見面之後——我突然想到一件事。

我還有些事情要做。

在參加畢業派對之前，我想獨自去做某件事。

我——要在這個地方……

我想在西荻窪這個充滿回憶的地方——到處看看。

「……對了，謝謝你們。」

突然聽到某人嚴肅地這麼說。

驚訝地看了過去，發現須藤正一臉嚴肅地看著我們。

然後——

「矢野、曆美，真的很感謝你們。」

說完——她對我們深深地一鞠躬。

「……妳、妳怎麼突然說這種話？」

我從未見過她擺出這種恭敬的態度。

「妳、妳不需要跟我們這麼客氣……」

我身旁的曆美也嚇到了。

須藤慢慢抬起頭來，重新看向這樣的我們。

「我只是想要向你們好好道謝。」

然後用堅定的語氣這麼說。

「其實……在我剛進到高中的時候，我媽媽曾經這麼說過。她說人只有在高中時代，才能交到一輩子的朋友。高中以前的朋友容易慢慢疏遠，高中以後的朋友不曾與自己共度青春，所以還是只有高中時代的朋友最特別。所以，她還祝福我可以交到一群好朋友。」

「……原來如此。」

「雖然我當時聽得一頭霧水，但我現在總算明白了。」

說完，須藤終於露出笑容。

「在場的這些朋友，肯定會成為我的特別之人。」

「……我也能體會那種感覺。」

她身旁的修司也一臉認真地這麼說。

「雖然也是因為發生了很多事情，但在這段時期相遇的人，在我的心目中果然還是比較特別。而我也知道你們青春時期的樣子，讓我覺得這種交情今後應該會變得越來越深厚。」

「……是啊。」

他們兩個說的話確實有道理。

我們今後當然還會經歷許多事情。

那些經歷可能會比這段時期還要強烈，也可能會讓我們遇到更巨大的波折。

可是——高中時代的我們還是一張白紙。

我們剛從國中畢業，也才剛剛懂事，卻在這三年之間經歷了許多事情。

在我們的人生當中，這肯定是能綻放出「絕無僅有的光彩」的時期。

「我很慶幸……能跟你們一起度過這段時期。」

須藤筆直看著我們的眼睛，再次開口道謝。

「我真的交到一群很棒的朋友。你們是我人生中的寶物。謝謝你們。」

——我內心充滿了感動。

須藤總是不太正經。

而這是她發自內心的感謝。

光是這份心意，就讓我覺得這三年沒有白過。

在今後的人生之中，她這句話肯定會不斷地給予我力量。

「我也要向你們道謝。」

修司也跟著這麼說。

「我沒想過自己能交到可以說很多真心話的朋友。矢野、水瀨同學、須藤還有各位，這都是你們大家的功勞。」

「……那是我要說的話。」

「我也很感謝你們……」

「就算大家成為大學生了……就算出社會了，就算變成老爺爺老奶奶了，我們也要繼續做朋友喔。」

「……嗯。」

我一邊點頭一邊看向曆美，發現她又再次眼眶泛淚。

心想她真的很愛哭，差點小聲笑了出來，但我也沒資格說別人。我也差點發出顫抖的聲音，還是咬緊嘴唇才勉強忍住。

「那……我們走吧。」

「嗯，走吧。」

——這麼說定之後，我們走出學校。

就這樣，我們不再是宮前高中的學生——而是畢業生了。

*

——換好衣服後，我走出家門。

眼前是熟悉的住宅區小巷，梅花從樹籬上方探出頭來。

我大大地吸了口氣，把春天的香氣吸進肺裡。

畢業派對還要一段時間才會開始，我決定慢慢散步過去。

我往南走了幾分鐘——來到荻窪八幡神社。

看到石造鳥居與巨大的燈籠。這間神社位在都市中央，周圍還有茂密的樹林，看起來就像是與周圍隔絕的不可思議空間。

這裡……讓我留下很深的回憶。

畢竟我今年就是跟曆美來這裡做新年參拜，去年則是跟秋玻與春珂，在更早之前的春節，也都是跟家人一起來這裡參拜。這裡大概是我最常來的神社了吧。

而最讓我印象深刻的一次……就是跟秋玻與春珂來參拜的那一次。

當時修學旅行才剛結束，我跟她們兩人的關係也變得很糟，但我們還是三個人一起前來參拜。

「……當時還真是不好過呢。」

想起當時的事情，我忍不住笑了出來。

那是我們結束修學旅行，搭乘新幹線回來時發生的事。

「——你要同等地重視我們。」

「——還要同等地喜歡我們。」

因為她們提出這種要求，讓我拚了命地想要給她們「同等」的愛情。

我想要同等地愛著秋玻與春珂，公平地與她們親密接觸。

那或許是我在這三年裡過得最痛苦，感情關係也最複雜的時期。

「……想不到我竟然能從那種局面，硬是走到現在這樣的未來。」

我在神社境內繞了一圈完成參拜，從南側出口走出八幡神社，然後笑了出來。

我們當時很可能會互相傷害，在爭吵中分手，迎向最糟糕的未來。現在可以走到這麼和平的結局，都是多虧了運氣與旁人的幫助。

我再次為此心懷感激。

此外……這個地方還有一件讓我印象深刻的事情。

「……我當時頭一次看到秋玻與春珂穿和服的樣子，其實心裡激動到不行呢……」

我在腦海中回想當時的光景——小聲說出了這句話。

從荻窪八幡神社繼續走一段路，就來到須藤與修司的家附近了。

這裡是離車站有段距離的住宅區。

這些並排的房屋與悠閒的光景，讓我忍不住呼了口氣。

「須藤與修司啊……」

身旁有這兩位朋友，好像變成理所當然的事情了。

我們一起度過相當長的時間。

「我們也才認識三年而已……」

其實我都在偽裝自己的事情，還有想要以真面目過活的決定，當初都是他們兩人率先接受。

當我為了秋玻與春珂的事情煩惱時，也是他們一直支持著我。

「……要是沒有認識他們，我現在又會是什麼樣子？」

我跟秋玻與春珂都是那種很容易鑽牛角尖的人。

目光很快就會變得狹窄，內心也會失去從容，容易變得不夠冷靜。

當這種時候——他們也還是一樣開朗樂觀。

那種從容不迫的心態，不知道到底救了我多少次。

「——就算變成老爺爺老奶奶了，我們也要繼續做朋友是嗎？」

想起修司剛才在學校裡說過的話。

我想這句話肯定會應驗，我們今後還會繼續做朋友吧。

就如修司所說，即使我們變成了老爺爺老奶奶。

如果大家將來還能一起回憶高中時代的事情，不知道該有多麼幸福……

——我走向車站，沿著巷子往南走。

走過曆美家附近，平常上學時跟她碰面的地點，沿著往學校的路前進。

蒼翠茂密的路樹讓街上充滿活力。

還看到個人經營的餐飲店、時尚的小書店、服飾店與飾品店。

路上的行人看起來心情都不錯，不管是嬰兒車裡的嬰兒，或是跟女兒牽著手的父親，還是那些跟朋友並肩散步的國中生，全都踩著比平時輕快的步伐。

我很喜歡這條街道。

喜歡有著這種街道的西荻窪。

喜歡在這裡跟曆美、秋玻與春珂散步。

……我們也在這條街上經歷了許多事。

我們剛認識沒多久，大家一起去台場玩之後，秋玻曾經在這裡質問我：「你跟春珂接吻了嗎？」當我們忙著為文化祭做準備，跟霧香吵架之後，春珂還曾經在回家的路上放聲大哭……

現在回想起來，還是能清楚想起那些回憶。

可是——

「……對了。」

我突然體認到一件事，忍不住這樣感慨。

「我再也不會跟曆美一起走這條路上學了……」

我們穿著同樣的制服，在這條路上走了兩年。

第一年是跟秋玻與春珂，第二年是跟曆美。

我們今後再也沒機會一起走這條路上學了……

不，我們當然還會一起走這條路。

畢竟這裡離我們家很近，也是要去車站的捷徑。

這裡更是我們平常就會走的路。

既然我們已經決定就讀同一間大學，以後或許還有機會一起去上學。

可是……我們再也不會穿著制服經過這裡。

也不會邊走邊聊課堂上的事情——

有種想哭的感覺，但還是踩著堅定的步伐走向車站。

「——咦？那不是矢野嗎？」

「真的是他耶。」

從家裡出來走了一段路之後，聽到這樣的聲音。

我才剛走過站前廣場。

據說這裡在戰後時期曾經是黑市，但現在就只是熱鬧的美食街。

有我跟須藤一起去過的拉麵店，還有大家放學後聚集的速食店都在這附近。

「……咦？細野與柊同學？」

我回頭一看，結果看到了他們。

不光是他們兩個，他們的家人也在旁邊。

「你們這麼多人一起出門是要去做什麼？」

「其實……我們正準備去拍畢業紀念照……」

細野一臉困擾地搔了搔頭髮。

「TOKORO姊說：『在照相館拍下兩人盛裝打扮的樣子！』結果大家就一起出門了……」

「我們想說派對還沒開始，正準備去車站旁邊的照相館拍照。」

「啊，原來是這樣啊。」

我也覺得拍紀念照是個好主意。

雖然當事人會覺得很難為情，但那些照片以後肯定會變成重要的回憶。

我也想要在晚點的畢業派對上，跟大家好好地多拍一些照片。

「可是，TOKORO姊實在太性急了……」

「是啊，不過這也是她的優點……」

他們兩人說著這樣的對話。

站在旁邊看著的我——

「……今後也請多指教。」

——突然有股衝動，對他們兩人這麼說道。

「感謝你們過去的關照。今後也請多指教。」

我猜，自己應該是被須藤影響了吧。

變得想在這個重要的日子，向重要的朋友好好道謝。

「你……你怎麼突然說這種話？」

細野一臉慌張地這麼問。

「是啊，這樣太突然了……」

「這是因為……在我有困難的時候，你們都很關心我不是嗎？畢竟當初也是細野提議要去宇田路找我們，修司與柊同學則是實際規劃路線的人。」

不光是須藤與修司。

他們兩人——也是我在高中生活中不可或缺的朋友。

升上二年級之後，我才慢慢跟細野變得要好，也因此認識他的女朋友柊同學。

雖然我剛開始的時候覺得他不好相處，但現在已經對他完全改觀。

細野只是看起來冷酷，但其實是個愛操心的傢伙，而且很重視我這個朋友。

柊同學看起來柔弱，但其實內心很堅強。

如果沒有他們倆，肯定就不會有現在的我跟曆美。

「所以……我才會想要鄭重向你們道謝。」

我說出自己的真心話——

「……欸……？」

——結果發現細野變得滿臉通紅。

他那張冷酷的臉龐明顯紅到不行。

「你、你有必要害羞成那樣嗎……」

「……不、不，這是因為……」

細野偷偷看了過來，結結巴巴地這麼說。

「因為……我一直很崇拜你。」

「崇拜我……？」

「是啊，所以聽到你那麼說，我真的很開心……」

「細野同學總是在稱讚你呢。」

他身旁的柊同學也笑著這麼說。

「他不是說你很帥氣，就是說你很厲害。所以我也要向你道謝。謝謝你願意這樣肯定他。」

「這樣啊……」

我想起來了……我好像曾經聽說過這件事。聽說細野一直很崇拜我。

雖然我不認為自己是個了不起的人，但聽到他們這麼說，我還是覺得很開心。

「……那我只好繼續努力，做個值得你崇拜的人。」

「嗯，我也會努力變得更好，做個配得上你的人。」

「那……我還有個地方要去。」

說完，我再次邁出腳步。

「我們晚點在畢業派對上見吧。」

「嗯。對了，你要去哪裡？是要去買東西嗎？」

「不，我不是要去買東西。」

我這麼告訴細野。

然後，我說出自己出來散步——在西荻窪閒晃的最後一站。

「我想在最後……再去看看學校。」

*

然後——

「……終於到了。」

我再次——站在這個地方。

都立宮前高中。

我們剛剛才在這裡舉辦畢業典禮，還曾經以學生的身分每天來這裡上學——

我想要再次看看這個地方，獨自思考自己過去待在這裡的意義，才會決定把這裡當成今天的最後一站。

「呼……」

我輕輕吐了口氣，抬頭仰望那棟建築物。

……這只是一棟平凡無奇的校舍。

我上次這樣抬頭仰望「學校」……應該是前往宇田路，跟秋玻與春珂一起參觀她們母校的時候了吧。

雖然那間小學的造型很獨特，讓人百看不厭，但宮前高中就真的只是隨處可見的普通公立高中。

不但外牆老舊，防震設施也是後來增設的。

這只是一棟在日本隨處可見，外表平凡無奇的校舍。

可是……說起來有點不可思議。

這棟平凡的校舍就是讓我感到很懷念，覺得那是「屬於自己」的地方。

我在校園外面晃了一圈。

我們在體育館裡舉辦過文化祭活動，還在操場上過足球與棒球課。

因為不擅長跑馬拉松，只要看到操場上的白線，就會想起痛苦的回憶。

而——校舍就在這片景色的另一頭。

我還能找到「社辦」的窗戶——

據說那裡原本是文藝社的社辦。自從我入學以後，我跟秋玻與春珂就經常待在那個小房間裡面。

那個空間已經不是屬於我們兩人的地方。

在下一個學生找到那裡之前，那裡應該只會不斷累積灰塵吧。

腦海中浮現出那樣的光景，不知為何感到心痛。

就在這時——

「……對了。」

我……突然想起一件事。

「我忘記把書帶走了……」

我平常總是習慣放一本書在學校裡。

那本書通常都是內容不多的文庫本，這樣我有空的時候才能隨時拿來看。

自從開始準備考試之後，我幾乎沒有時間看書，才會差點忘記那本書的存在……所以那本書現在應該還在校舍裡的某個地方。

「……還是去拿回來吧。」

我感到有些興奮，小聲說出這句話。

「我只是去拿忘記帶走的東西，校方應該會讓我進去吧……」

——我要在畢業當天重回母校。

我要當第一位重回母校的畢業生，並從教職員入口進去學校。

這個主意好像很有趣，可以再次踏進校舍也讓我覺得很開心。

「走吧。」

獨自下定決心，跨越正門走向校舍入口——

＊

「——找不到……」

我在教職員入口說明來意，成功得到許可踏進校舍。

整間社辦都被我翻遍了，但我還是找不到自己的書，只好來到教室——把置物櫃跟抽屜都找過一遍之後，我小聲自言自語。

「不管在哪裡都找不到我的書，該不會已經被丟掉了吧……」

——社辦跟教室都變得完全不一樣了。

我還在使用的時候，這兩個地方確實還留有生活的痕跡。到處都有某人放置的私人物品，地板上也能找到小垃圾。桌椅的位置也亂七八糟，教室裡還貼著海報。

可是——那些痕跡現在全被清理掉了。

為了迎接新生，這裡變得煥然一新——

而——我無論如何就是找不到自己的書。

我覺得那本書應該沒有被人丟掉……肯定是我不知道收到哪裡去了。只是忘記自己把書放在哪裡，暫時想不起來罷了。

「既然找不到……」

我再次環視教室，小聲這麼說道。

「那就算了吧……」

就讓我忘記帶走的書一直留在校舍裡吧。

那本書總有一天會被某位學生偶然撿到……對方說不定還會翻開來看。我未來的學弟妹很可能會喜歡那本書。

讓那樣的機會遺留在這個地方，我覺得也不是什麼壞事。

「呼……」

以前上課的教室就在眼前。

這肯定──是我最後一次來到這裡了吧。

我大大地吸了口氣，聞到油漆與灰塵，還有一點點抹布的味道。

……要記住這個地方。

我要儘量清楚記住這片重要的景色。

就在這時──

「……矢野同學？」

——身後突然傳來這樣的聲音。

「果然是你……原來你在這裡。」

回頭一看——發現曆美站在後面。

她早就換上便服，一臉不可思議地看著我——

「咦……曆美。」

她有著一頭亮麗的黑髮，還有宛如銀河般的深邃瞳孔。

春天的微光照耀著這樣的她——

這一幕——讓我看到幻覺。

——想起初次見到她的那一天。

兩年前，早上的教室裡空無一人——

我們的故事肯定是從那一刻開始。

而我和她的故事依然還沒結束——

我把意識從那種思緒裡拉回現實。

「……怎、怎麼會……跑來這種地方？」

我這麼問她。

「妳該不會，也有東西忘記帶走吧？」

「不是。」

曆美搖了搖頭，走進教室。

「我想在派對開始前稍微跟你見個面，就傳了Line給你，但你都沒有回覆……」

聽到她這麼說，我從口袋裡拿出手機。

想起自己有一段時間沒看手機了……

螢幕上確實有好幾則曆美傳訊息過來的通知。

「抱歉，我沒注意到……」

「沒關係。後來我直接跑去你家打擾，你媽媽跟我說你好像去學校了……所以，抱歉，我就跑來找你了。」

曆美皺起眉頭，看起來有些歉疚。

「……該不會，我打擾到你了？」

「不，沒那回事。」

「是嗎？那就好。」

曆美微微一笑，像是鬆了口氣。

春天的陽光從窗外射進來，照耀在她身上——

「……真懷念。」

她小聲說出這句話。

「我們初次見面的時候，也是在只有我們兩人的教室裡面呢……」

「……是啊。」

我點了點頭——她輕輕吸了口氣。

然後，她按著自己的胸口，詠唱出那段詩句——

「——重點是把由山脈、人、染色工廠與蟬鳴聲等事物組成的外在世界，與你心中的遼闊世界連結起來，站在一步之外的地方，試著呼應並協調並列的兩個世界。比如說，觀星便是一個好方法。」

——我倒抽了一口氣。

她流暢背誦出那段文字。

那是池澤夏樹的作品《靜物》的開頭。
在我們邂逅的那一天，我反覆看著那段詩句——
「……我們走了好長一段路了呢。」
曆美再次看向我，說出這樣的話。
「從那天走到今天，這條路長得令人難以置信呢。」
「……是啊。」
——對我來說，她或許就是那顆星星。
由黑板、黃昏與海潮味等事物組成的外在世界，還有我心中的遼闊世界。
或許就是因為這顆名叫「曆美」的星星，才得以互相呼應得到協調——
而——我希望對她來說，對曆美來說，我也可以是那顆星星。
我許下這樣的願望。
「……時間好像差不多了。」
看向手機後，我這麼告訴她。
畢業派對就快要開始了。
我牽起曆美的手。
「……我們走吧。」

「……嗯。」

她點了點頭，跟我一起邁出腳步。

我們走出教室，前往下一個地方。

前方有著無數條道路，就算是沒路的地方，我們也到得了。

雖然風有點強勁，但應該無法阻礙我們。

我大大地吸了口氣，聞到微微的花香。

今後我會不斷忘記這段日子，又不斷重新回想起來。

我看向身旁——曆美回給我一個笑容。

——這一刻，我們的距離無限趨近零。

後記

雖然已經記不太清楚了，但當我還在寫《三角的距離無限趨近零》第一集時，曾經對當時的責編說過這樣的話：「我想這部作品只能寫到第三集，不管怎麼加筆，頂多只能寫到第六集。」

好像曾經在某一集的後記裡提到這件事。我當時好像是說五集，而不是六集……

總之，我不認為這部作品會寫很長，不可能寫到十集那麼多。

結果因為各位的支持，讓這部作品很不可思議地寫到第八集，甚至還出了第九集這本After Story……

這讓我覺得自己能寫出這部作品真是太幸福了。

事實上，我會寫出這本第九集，也是因為各位讀者的要求。責編告訴我說：「有讀者想要看看矢野等人從學校畢業的故事。」而我也想把他們的高中生活全部寫完。

因為這個緣故，這本《三角的距離無限趨近零9 After Story》才得以誕生。

要再次向各位讀者致謝，謝謝大家長久以來的支持。

這讓我總算可以輕鬆面對這些角色。畢竟我當初在寫本篇故事的時候，還是有些放不開來。

他們已經變得像是我的老朋友了。

不管是矢野還是曆美，甚至是其他角色……

此外，就算這本「After Story」結束了，矢野跟水瀨的人生也還會繼續下去。

事實上，在這一集的故事裡，他們就已經開始邁向人生的下一個階段了。

在我目前正在發行的《明日，裸足前來。》這部作品中，也能窺見他們的「未來」，希望大家也能看看這部作品。我對這部作品也很有信心，自認完全不會輸給《三角的距離無限趨近零》。

……話說，總覺得矢野與曆美今後應該也會跟千代田百瀨一樣，不斷在我的作品中登場。因此，希望大家今後也能偶爾看看我的作品。不光是矢野和曆美，其他角色說不定也還會出場。如果各位能把他們當成自己的老朋友，三不五時來跟他們見個面，那我將會非常開心。

……這次的後記也差不多該結束了。

後面還有一小段附錄。

內容是矢野與曆美變成大學生之後的生活，希望大家都能看得開心……

那就讓我們在其他故事裡再見吧。我是岬鷺宮。再見！

岬鷺宮

附　錄
Extra content

【明日之前】

B i z a r r e L o v e T r i a n g l e

三角的距離無限趨近零

「——曆美～～妳最近有什麼推薦的小說嗎？」

上午的課程結束之後，我們在午休時間來到餐廳休息。

同樣有選修「戰後文學史」這堂課的美空，突然問了我這個問題。

「星期五那堂課要我們自己找一本書來看，看完還要寫書評交出去。所以我正在找有沒有適合的書～～」

「啊，我也有上那堂課。」

美空說完之後，乃乃佳也跟著這麼說。

「希望妳也可以推薦一本書給我，我要好讀一點的。」

「嗯——要我推薦小說啊……」

我交叉雙臂，腦海中回想著自己最近看過的小說新作。

「我得先知道妳們的喜好……妳們有比較喜歡的類型嗎？」

——我進到大學一年多了。

現在已經完全習慣這種生活，早就是個貨真價實的女大學生。

跟朋友在一起的時間也變多了。

美空和乃乃佳都是來自外地的女孩。我們在一年級的時候就成了朋友。
我們是因為聊起小說變得意氣相投，交情也已經好到會去彼此家裡玩了。
去年還三個人一起去旅行……嗯。
我跟她們兩人的交情，說不定就跟高中時代認識的伊津佳與修司同學，還有細野同學與時子一樣好……
「——那我要推薦這本小說給美空。這本小說就推薦給乃乃佳吧——」
——於是，我開始介紹要推薦給她們的小說。
「……啊，妳男朋友來了！」
就在這時，乃乃佳看向餐廳入口，大聲叫了出來。
美空也看了過去。
「啊～～真的耶。他好像上完課了。」
我跟著看過去——發現如同她們所說。
他已經踏進餐廳，往我們這邊走了過來——
——矢野四季。
是我在高中時代認識至今，交往將近兩年的男朋友。
他變得比那時還要成熟了些，臉上顯露出些許上完課的疲倦，但還是笑著走到我們面前。

「大家──辛苦了。」

「你也辛苦了──」

「辛苦了。」

「辛苦了──」

聽到矢野同學這麼說，我們三人也隨口回答。

「怎麼了？妳們三個在忙些什麼？」

「我們正在請曆美幫忙推薦小說～～」

「因為課堂上要用到。」

「啊～～原來如此。」

矢野同學一邊點頭一邊坐下。

美空與乃乃佳都認識矢野同學，而且他們感情還算不錯。

他們好像還曾經丟下我不管，三個人一起去吃飯，感覺就像是我們高中時代的那些朋友。

「……好啦。」

美空與乃乃佳同時起身。

「既然妳男朋友來了，那我們這兩個電燈泡也該走了。」

「晚點見～～」

「咦？妳們不需要顧慮那種事，還是跟我們一起用餐吧。」

我並沒有想要跟男朋友獨處的意思……

難得有這個機會，我想要大家一起吃個午飯。

然而——

「可是曆美，其實妳每次跟矢野同學在一起時，總是會不自覺地瘋狂放閃呢～～」

「是啊，連我們這些在旁邊看的人，都覺得很難為情。」

「咦！真的嗎？」

我忍不住大聲叫了出來。

「我真的有跟男朋友亂放閃嗎！」

我完全沒有那種自覺！

在別人面前的時候，我反倒還會避免讓人有那種男女朋友的感覺……

「當然有。」

說完，美空笑了出來。

「你們總是給人很恩愛的感覺。」

「我在旁邊看了都覺得害羞呢～～」

連乃乃佳都跟著這麼說。

「欸～～不會吧……」

「那我們也要去找未來的男朋友了。」

「你們兩個慢慢聊吧～～」

她們一邊這麼說，一邊帶著溫柔的笑容離開了。

這種貼心的舉動讓我覺得很難為情。

「那……大家下次一起去吃飯吧！」

於是，我向她們這麼說道。

「還有……如果妳們以後看到我們亂放閃，一定要當場提醒我喔！」

＊

——我跟矢野同學一起在餐廳裡吃午餐。

我點了炸豆皮烏龍麵。矢野同學點了B定食。

這裡的餐點價格合理又美味，我很喜歡這間學生餐廳。

順帶一提，我們就讀的是以「怪人很多」聞名的大學文學院。
也許是因為這樣，光是待在餐廳裡，就能看到不知為何穿著奇裝異服的學生，還有把小型螢幕帶來餐廳打電動的學生。
甚至還能看到把自己的身體貼在牆上，努力展現行為藝術的學生，以及忙著發送政治思想傳單的學生……
「呵呵……這間學校真的不會讓人覺得無聊呢。」
「是啊。」
我們一邊吃著飯，一邊說出這樣的感想。
「上次有人把暖桌搬進來的時候，我倒是真的被嚇到了……」
「妳是說那些煮火鍋的人嗎？我有分到一塊肉喔。」
「咦？真的嗎？」
——我們就這樣吃完午餐。
然後，我把筆電擺到桌上。
「——對了，我最近找到了一位有趣的歌手。」
我這麼告訴矢野同學。
「想讓你看看她唱歌的樣子。」

「我看看……」

說完，他從我旁邊探頭看向螢幕。

「跟……西園質量小姐說的那件事有關係嗎？」

「嗯，我覺得她有可能就是我要找的人。」

——大學生活持續了一年，我們每天都忙著應付學業。

我們都踏實地為自己的將來做著準備。

為了去出版社上班，矢野同學努力學習各種文化相關知識，也開始在野野村先生那邊打工了。

而我……則是從高中時期就開始以寫手的身分發表文章。為了成為一名商業寫手，正忙著鍛鍊自己的文筆。不光是這樣，我還去找西園質量小姐商量，思考在各種領域展開活動的方法。

而她——想到了創立廠牌這個主意。

我評論的作品大多都有在網路上發表。

那些創作者也沒有跟特定公司簽約，都是獨自展開活動，其規模也必然只限於個人創作。

因此……我可以募集自己喜歡的創作者，創立一個支援他們創作的組織。

換句話說，西園小姐建議我：「要不要成立屬於自己的廠牌？」

——這個提議正合我意！

覺得這樣好像很有趣，也很有意義。

絕對要做做看這件事。

不過……如果要做這件事，第一步要跟什麼樣的創作者合作，就會變得非常重要。

第一次合作的對象應該找什麼樣的人？

就算說這個決定會左右廠牌的未來也不為過。

於是，我開始過著找尋第一位合作對象的日子……結果成功找到一位合適的女孩。

那女孩獨自彈著鋼琴唱歌，給人一種與眾不同的感覺。

「對方是什麼樣的音樂家？」

「就是這女孩……」

說完，我把耳機拿給矢野同學，還把筆電螢幕轉過去。

我按下播放鍵，矢野同學換上認真的表情，仔細聆聽從耳機發出的聲音。

「……真的不錯耶。」

女孩才剛開始唱歌，他就忍不住發出感嘆。

「她確實給人一種才華洋溢的感覺。她很年輕吧？是什麼樣的人？」

「我找不太到她的個人情報。」

我看向螢幕，定睛看著「她」自彈自唱的樣子。

「不過，我猜她應該是個高中生。畢竟她看起來明顯比我們年輕……」

她有著一頭柔順的黑髮，還把某些地方挑染成粉紅色，讓人感受到她的玩心。

笑起來應該很可愛，但專心演奏時又有一種知性美。

而且還穿著顯然是學生制服的西裝外套——

「……這裡八成是學校吧。她應該是在社辦之類的地方演奏。從窗外的景色看來……那裡應該是東京才對。」

「說不定她就住在這附近。」

「有可能。」

矢野同學說得沒錯。

在影片裡的窗戶外面，可以隱約看到像是中央線沿線地區的景色。

可以看到低矮老舊的房屋，還有錯綜複雜的街道。

那種風景有點像是我們居住的西荻窪。

「……這女孩真的很棒。」

當我注意到的時候，矢野同學好像真的開始對那女孩感興趣了。

「妳不覺得她真的很合適嗎？」

「我也有這種感覺。」

說完，我點了點頭。

「既然你也這麼說，那應該錯不了了。我還會再多看看她的其他影片，也會調查她的個人資料，但最近可能就會主動跟她聯絡。」

「這樣啊……」

螢幕裡的女孩停止演奏了。

矢野同學露出滿意的表情，把耳機還給了我。

然後——

「名字呢？」

——他這麼問我。

「這女孩叫什麼名字？」

面對這個問題——我如此回答。

「好像是n・i・t・o的樣子。」

「ｎｉｔｏ……這個名字真不錯。」

「我好像聽過這個名字呢。這說不定是她的本名。」

「嗯，我也有這種感覺。這張臉我也有印象。這似乎是命運的安排。」

「對啊。」

我們互相點了點頭，然後再次看向螢幕。

上面滿滿都是ｎｉｔｏ自彈自唱影片的縮圖。

——總覺得一個全新的故事好像就要開始了。

有種預感，就在我們眼前，一個全新的故事即將開始。

「……我很期待喔。」

我看著螢幕上的ｎｉｔｏ。

很自然地露出微笑，對她這麼說道：

「很期待與妳相見的那一天——」

And their story goes on.

豬肝記得煮熟再吃 1~7 待續

Kadokawa Fantastic Novels

作者：逆井卓馬　插畫：遠坂あさぎ

與潔絲一同找出瑟蕾絲不用喪命的方法——
根本是豬左擁右抱美少女的逃亡紀行？

為了讓變得異常的世界恢復原狀，瑟蕾絲非死不可？我們與被王朝軍追殺的她展開充滿危險的逃亡之旅，朝「西方荒野」前進。被兩名美少女夾在中間的火腿三明治之旅，出現了意料外的救兵。救兵真正的意圖是？而瑟蕾絲始終如一的戀情，又將會何去何從

各 NT$200~250/HK$67~83

國家圖書館出版品預行編目資料

三角的距離無限趨近零. 9, after story/岬鷺宮作；廖文斌譯. -- 初版. -- 臺北市：臺灣角川股份有限公司, 2024.01

面；　公分

譯自：三角の距離は限りないゼロ. 9, after story
ISBN 978-626-378-416-1(平裝)

861.57　　112019583

Kadokawa
Fantastic
Novels

三角的距離無限趨近零 9 After Story

（原著名：三角の距離は限りないゼロ 9 After Story）

2024年2月5日　初版第1刷發行

作者：岬鷺宮
插畫：Hiten
日版設計：鈴木亨
譯者：廖文斌

發行人：台灣角川股份有限公司
總監：呂慧君
總編輯：蔡佩芬
主編：林秀儒
編輯：楊玫恩
設計指導：陳晞叡
美術設計：吳佳昫
印務：李明修（主任）、張加恩（主任）、張凱棋

發行所：台灣角川股份有限公司
地址：104台北市中山區松江路223號3樓
電話：（02）2515-3000
傳真：（02）2515-0033
網址：www.kadokawa.com.tw
劃撥帳戶：台灣角川股份有限公司
劃撥帳號：19487412
法律顧問：有澤法律事務所
製版：尚騰印刷事業有限公司
ISBN：978-626-378-416-1